任中敏編

新曲苑（二）

中華書局印行

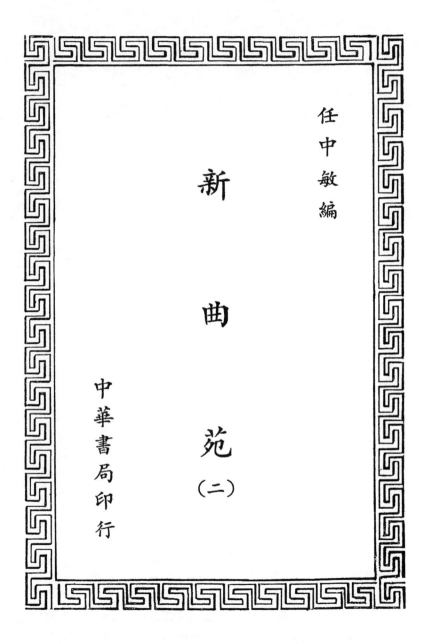

腔變音不變

南曲入聲客問

清錢塘毛先舒撰

客問予著南曲正韻。凡入聲俱入聲單押。不雜平上去三聲韻中。是已。然單押仍是作三聲唱之。如畫眉序單押入聲者。首句韻便應作平聲唱。末句韻便應作去聲唱。絳都春序單押入聲者。首句韻便應作上聲唱。豈非仍以入作平上去耶。則又何不仍隸入三聲中耶。余曰。此論極妙。然却又有說。北曲之以入隸于三聲也。音變腔不變。南曲之以入唱作三聲也。腔變音不變。何謂音變腔不變。如元人張天師劇一枝花老老實實實字中原音韻作平聲繩知切。是變音也。一枝花第五句譜原應用平聲。而此處恰填平字。

平聲字以平聲腔唱。是不須變腔也。東堂老醉春風倘來之物。物字中原作務。是變音也。醉春風末句韻譜應去聲。而此處恰填去字。去聲字以去聲腔唱。是不須變腔也。若南曲畫眉序明珠記金巵泛蒲綠。綠字直作綠音。不必如北之作慮。此不變音也。畫眉序首句韻應是平聲。歌者雖以入聲吐字。而仍須微以平聲作腔也。此變腔也。其尾聲云可惜明朝又初六。六字竟作六字。不必如北之作溜。此不變音也。然畫眉序尾聲末句韻應是平聲。則歌者雖以入聲吐字。而仍須微以平聲作腔也。此北之與南。雖均有入作三聲之法。而實殊者也。又北曲之以入隸三聲。派有定法。如某入聲字作平聲。某入作上。某入作去。一定而不移。若南之以入唱作三聲也無一定法。凡入聲字俱可以作平作上作去。但隨譜耳。如用轂字。而此字譜當是平聲。則吐字唱轂。而作腔便可唱如窩。譜當上聲。則吐字唱轂。而作腔便可唱如窩之去聲。非如北曲轂字之定作古也。餘皆可推。此又與北曲殊者也。故混入三聲則與北無別。且亦難于分派。如北曲法。竟廢却入聲。則四聲不完。所以別出單押之法。而隨譜變腔爲定論也。又南曲系本填詞而來。詞家原備有四聲。而平上去韻可以通用。入聲韻則獨用。不溷三聲。今南曲亦通三聲。而單押入聲。正與填詞家法脗合。益明源流之有自也已。客曰。子之說韻。微哉尚已。抑何不更設一法。令歌者入作入唱。不變三聲。詎不善耶。曰。斯固事理之不得已者也。夫入之爲聲。詘然以止。一出口後。無復餘音。而歌必窈裊而作

南曲應從南音入難派作三聲

長聲。勢必流入于三聲而後始成腔。是固自然而然。不可遏也。今試口中念一入字。而稍遲其聲。則已非復入音矣。況歌者必爲曼聲也哉。

客問北曲既可派入聲入三聲。南曲何故又難派入聲入三聲。曰。北之入作平上去也方音也。北人口語無入聲。凡入聲皆作平上去呼之。即如轂字。北人云呼爲古。北曲自應從北音。故中原音韻轂字以入當作上而音古。凡入聲皆然。此周挺齋氏之以入派歸三聲。非任臆强造也。若南曲自應從南音。南人呼轂與穀谷等音同。原不呼古。凡入聲皆然。原未嘗作平上去呼也。則南曲安得强派之入三聲哉。既難强派。別無歸著。則自應更爲標部而單押矣。歌須曼聲。入便難唱。則自應隨譜之三聲作腔矣。斯理夫復何疑。

入聲單押

客問南曲入聲既可隨通三聲。則凡應用三聲者。皆可用入聲耶。曰否。音有四聲。而大段尤重平仄。上去入皆仄聲。凡用入聲。在曲頭腹者止可通于上去二聲。若平聲則不可以入聲代之。若以入聲押韻尾者。方可以平上去隨叶耳。然亦須相牌名。不得浪施。亦仍須用入聲部單押。不可與三聲通押。如北曲法。幽閨記胸中書富五車。山徑路幽僻。拜新月諸曲。皆入與三聲通押。是施君美作南曲。亦沿襲北曲之法。他家如此者亦多。然皆非也。君美春風紫陌齣引子過曲。俱單押入聲。此得之耳。且余謂南曲入可通三聲。亦謂作腔耳。若吐字亦自須分明。豈可竟溷唱邪。

入聲無閉口

客曰。子著南曲正韻譜。以爲四聲咸備。今平上去皆有閉口音。而入聲獨無。何也。余曰。勢不可也。入之爲

入聲派入閉口卽成三截

聲。詘然而止。凡曲出字之後。必須作腔。若入聲而又閉口。則竟無腔矣。故三聲可用閉口。而入聲無之也。卽據詩韻緝合葉洽四部爲閉口入聲。而塡詞則已雜通他韻。不專于閉口中互通。與獨用。至元周德淸皆隸入支思齊微歌戈家麻車遮諸韻。而不隸于侵尋監咸廉纖三韻者。亦此意耳。

客曰。南曲入聲旣可以唱作平上去。而此三聲原有閉口。則唱入聲者又何不可依三聲而收閉口歟。余曰。覈哉斯駁。然又有兩截三截之分焉。唱入聲不閉口。止是兩截。唱入聲閉口。便是三截。如質字入之不閉口者也。唱者以入聲吐字。仍須照譜。以三聲作腔。已是兩截。兩截尤可也。若緝字是入之閉口者也。唱者以入聲吐字。而仍須以三聲作腔。作腔後又要收

入聲直喉不收韻

詩詞曲韻不同

歸閉口。便是三截。脣舌既已遽難轉折。而亦甚不中于聽矣。則廢之誠是。而又符填詞與北曲之例。尚何疑焉。

客曰。三聲之唱也。有吐字。有作腔。有收韻。亦是三截者。唱入聲者獨兩截。且三聲既可三截唱。而乃謂唱入聲者三截。卽不便何也。曰。又覈哉。然凡入聲之唱也。無穿鼻展輔斂脣抵齶閉口。而止有直喉。直喉不收韻者也。都無收韻。故止兩截也。三聲有穿鼻諸條。是收韻也。收韻。故三截也。有收韻而三截。所以曰原無收韻而收韻。是强爲之也。强爲之。故不便也。且三聲作腔。止就其本聲。故自然相屬。而不費力。入聲之作腔。必轉而之三聲。則費力。若更收韻。則益以不便。

客曰。然。子著韻學通指。唐人韻四聲表。何以但曰入聲無穿鼻抵齶韻。不曰無展輔斂脣閉口也。曰詩與曲不同也。曰然則柴氏古韻通何以標十四緝爲獨用。而合葉洽祇自相通無別通耶。曰余固云詩與曲不同。柴氏亦爲詩詞辭言之。而余爲曲言之。蓋聲音之道。古與今自不無間殊云。

歌席解紛偶記附

酒客或作黃鶯兒首句云。纖手白于綿。卽席善歌者歌之。調白字不入調。却難上口。歌者頗精音韻而作者又自負曲學。兩人辨之不已。余適入坐。叩知其故。笑謂歌者曰。此字譜當用仄聲。而白是仄聲字。作者非誤。但君守中原音韻太專。而不知通變于南曲耳。蓋南曲唱入聲與北曲異。北曲白字定作平聲。巴埋切。南曲白字不定作平。唱時但以入聲吐字。而作腔則隨譜之平上去三聲可爾。据譜。黃鶯兒首句第三字當用上聲。則白字當以入聲之白音吐字。而以上聲作腔。不應如北曲之唱作平聲也。今君泥北韻以唱南曲。故枘鑿耳。余語是已。又持南曲入聲客問共閱之。而俱爽然云。

南曲入聲客問終

跋

入聲之不通于三聲也。自古然矣。如度之入爲忖度之度。告之入爲忠告之告。厭之入爲饜厭之厭。準之入爲隆準之準。使從入聲逆而溯之于平聲。寧不大相徑庭乎。今毛君之論。隨其調之平仄爲平仄。則亦與余逆溯之說相合。但入聲有孤行而無平上去者。吾末如之何也已。然余于此竊亦有法焉。于數說牌名用之。則並不須改唱三聲。亦可安于入聲之本位而無難也。心齋張潮

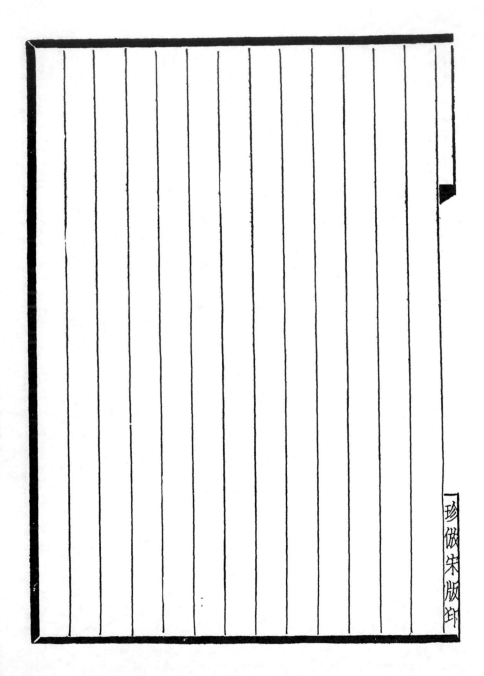

在園曲志

新曲苑第十九種

清遼海劉廷璣撰

詞曲創始於嘯

詞曲莫溯創始。近則考之嘯旨。唐孫廣謂某君授王母。母授南極真人。遞至廣成子。風后。嘯父。務光。堯舜。禹。其說甚誕。後晉孫登蘇門一嘯。猶襲其傳。登仙去。此道湮沒不復聞矣。雖有權輿正畢十五章十二法。徒具空文。心傳無授。究何益哉。迨風雅變爲騷賦樂府。五言七言詩體。化爲詩餘及南北詞曲。而填詞家猶名其譜曰嘯餘。亦存餼羊之義耳。

崑腔以外諸腔

舊弋陽腔。乃一人自行歌唱。原不用衆人幫合。但較之崑腔。則多帶白作曲。以口滾唱爲佳。而每段尾聲。仍自收結。不似今之後臺衆和作喲喲囉囉之聲也。

西江弋陽腔。海鹽浙腔。猶存古風。他處絕無矣。近今且變弋陽腔爲四平腔。京腔。衞腔。甚且等而下之。爲梆子腔。亂彈腔。巫娘腔。瑣哪腔。囉囉腔矣。愈趨愈卑。新奇疊出。終以崑腔爲正音。

歌曲盛于唐之梨園。故今名伶人爲梨園子弟。然當時所歌。以絕句爲樂府。而音律分別。乃有清平調。小秦王。竹枝。柳枝。雨淋鈴。憶王孫。伊州。涼州。陽關。各種之異。欲深考辨別。杳不可得。清平一調。當時作者甚多。惟青蓮合拍。此中妙解。即詢諸填詞與善歌老白相。亦莫一解也。觀旗亭佳話。歌一絕句。而龜年懷智輩。以衆器配之。六音皆叶。傾聽之下。不知如何抑揚頓挫也。宋專事詩餘。歌詩之道廢。迨元作北曲。詩餘遂爲定場白之前引。明崑山魏良輔。能喉轉音聲。始變弋陽海鹽故調爲崑山腔。梁伯龍塡浣紗記付之。王元美詩所云。吳閶白面冶游兒。爭唱梁郎雪豔詞。今之崑腔是巳。卽所謂南曲整本也。

元北曲每本不過四五折。曲皆一人始終獨唱。衆以白間之。若南曲則不獨人可一齣。甚有一齣幾人分唱者。至後龍子猶輩出。以南北間錯。故有北新水令南步步嬌一套。北醉花陰南畫眉序一套。如此不可枚舉。後更碎割諸曲。以成一曲。名曰某犯或串合佳名。如金絡索掛梧桐之類。總曰新增。歌者不得不曲折以赴之。亦苦道也。久沿不覺習而安矣。然今日人盡薄塡詞爲容易。而尊詩詞爲上乘。黃九烟周星云。詩降爲詞。詞降爲曲。愈趨愈下。愈趨愈難。嘗爲之語曰。三仄更須分上去。兩平還要辨陰陽。詩與詞曾有

琵琶幽閨之較

是乎。

何元朗評施君美幽閨。出高則誠琵琶之上。王元美目爲好奇之過。臧晉叔謂琵琶梁州序念奴嬌二曲。不類則誠口吻。當是後人竄入王元美大不以爲然。津津稱許不置。晉叔笑曰。是烏知所謂幽閨者哉。以予持衡而論。琵琶自高于幽閨。譬之于詩。琵琶杜陵也。幽閨義山也。比之時藝。琵琶程墨也。幽閨房書也。琵琶語語至情。天真一片。曲調合拍。皆極自然。眞是天衣無縫。至于才人點染。淺深濃淡。何事不然。豈梁州序念奴嬌二曲。遂謂各一手筆乎。觀少陵詩。何法不備。何態不呈。烏可以一家之管見測之哉。

曲家文字短長

前人云。鄭若庸玉玦。張伯起紅拂。以類書爲傳奇。屠長卿曇花終折無一曲。梁伯龍浣紗。梅禹金玉合。道白終本無一散語。皆非是。如此論曲。似覺太苛。安見類書不可塡詞乎。與會所至。托以見意。何拘定式。若必泥焉。則彩筆無生花之夢矣。況文章幻變。體裁由人。公穀短奧史漢冗長各出己意。何難自我作古。所謂不可無一。不可有二也。水滸多用典故。未嘗不與荊劉拜殺四種白描者并傳。又汪伯玉南曲失之靡。徐文長北曲失之鄙。唯湯義仍庶幾近之。而失之疎。然三君已臻至妙。猶如此訾議。誠太刻矣。近今李笠翁漁十種塡詞。洪昉思昇長生殿。亦大手筆。各有妙處。但李之賓白似多。洪之曲文似冗。又不知後人作何評論也。

古今舞法

古舞法幾亡。今梨園舞西施者。初以袖舞。卽胡旋也。繼以雙手翻捧者。原本之于番樂。如法僧作谿口也。

扮演之訛

孔東塘曰。舞者聲之容。或像文德。或像武功。文則干羽揖讓。武則戈盾進止。東階西階之舞。所以合堂上堂下之聲也。古者童子舞勺。蓋以手作拍。應其歌也。成人舞象。像其歌之情事也。卽今里巷歌兒唱連像也。若雜劇扮演。則可踵而眞之矣。惟浣紗記所演西子之舞。猶存古意。然亦以美人盥手照面。梳粧坐臥之容。以應歌拍耳。至于外國旋魔等舞。各像其風俗文武之容。亦非離聲歌而別有所爲舞也。

優孟衣冠。取其相似也。有絶不相似者。如慶壽之王母則鳳冠霞佩。羣仙則用蟒衣。小逼之衞律則補服。大逼之元帥亦用蟒衣。不可枚舉。又如追賢之韓信曲文內一事無成兩鬢斑。不覺得皓首蒼顏。空熬得鬢斑斑。至戲末贈金時。猶不用鬚髯。何也。范少伯之後舫曲文內羞殺我一事無成兩鬢星。亦不用鬚髯。皆老梨園以訛傳訛。失于檢點之故也。

賓白之習

至于副淨小丑賓白。多用蘇州鄉談。不知始于何年。李笠翁亦深惡之。極力詆毀。無奈習焉不察。然而副淨小丑原取發科打諢。以博聽者之一笑。蘇州近地人皆通曉。用之可也。施于他省外郡。語音尚然不解。亦何發笑之有。且副淨小丑。所扮皆下品人物。獨用蘇州鄉談。而生旦外末。從無用之者。何蘇人自甘于爲副淨小丑也耶。亟宜改正。一大快事。

彈詞與傳奇

元人雜劇二百五十種。楊廉夫彈詞有仙遊。夢遊。俠遊。冥遊等類。董解元彈詞西廂。王實甫師其意作北西廂傳奇。然董之彈詞冗長太文。反不若王之傳奇情文益美。可歌可誦也。大抵彈詞元時最上。一代風氣使然。今則競勝傳奇。縱有好絃索者。亦不足悅人耳目。

悖拏舞

唐張祜拏兒舞詩云。春風南內百花時。道唱梁州急遍吹。揭手便拈金椀舞。上皇驚笑悖拏兒。今有喇班。用小童以筋頂椀而轉。升高復下。送葬之家亦有于前導作此戲者。想亦悖拏舞之遺意耳。

南方小曲

小曲者別于崑弋大曲也。在南則始于掛枝兒。如貫華堂西廂所載。送情人直送到丹陽路。你哭我也哭。趕脚的也來哭。趕脚的你哭是因何故。去的不肯去。哭的只管哭。你兩下裏調情我的驢兒受了苦。一變爲劈破玉。再變爲陳垂調。再變爲黃鸝調。始而字少句短。今則累數百字矣。在北則始于邊關調。蓋因明時遠戍西邊之人所唱。其辭雄邁。其調悲壯。本涼州伊州之意。如云。斗大黃金印。天高白玉堂。大丈夫豪氣三千丈。百萬雄兵腹內藏。要與皇家做個棟梁。男兒當自強。四海把名揚。姓名兒定標在淩烟閣上。明詩云。三絃緊撥配邊關是也。今則盡兒女之私。靡靡之音矣。再變爲呀呀優。呀呀優者。夜夜遊也。或亦聲之餘韻。呀呀喲。如倒扳槳。靛花開。跌落金錢。不一其類。又有節節高一種。節節高本曲牌名。取接接高之意。自宋時有之。武林舊事所載。元宵節乘肩小女是也。今則小童立大人肩上。唱各種小曲。做連像。所馱之人以下應上。當旋卽旋。當轉卽轉。時其緩急而節湊之。想亦當時鷓鴣柘枝之類也。今日諸舞失傳。徒存其名。烏知後日之節節高。不亦今日之鷓鴣柘枝也哉。

虎口餘生

商丘宋公記任丘邊長白爲米脂令時。幕府檄掘闖賊李自成祖父墳墓。中有枯骨血潤。白毛黃毛白蛇之異。與吾聞于邊別駕者不同。長白自敍其事曰虎口餘生。而曹銀臺子清寅。演爲填詞五十餘齣。悉載明季北京之變。及鼎革顛末。極其詳備。一以壯本朝兵威之强盛。一以感明末文武之忠義。一以暴闖賊行事之酷虐。一以恨從僞諸臣之卑汚。游戲處皆示勸懲。以長白爲始終。仍名曰虎口餘生。構詞排場。清奇佳麗。亦大手筆也。

後琵琶

復撰後琵琶一種。用證前琵琶之不經。故題詞云。琵琶不是那琵琶。以便觀者著眼。大意以蔡文姬之配偶爲離合。備寫中郎之應徵而出。驚傷董死。並文姬被擄。作胡笳十八拍。及曹孟德追念中郎。義敦友道。

命曹彰以兵臨塞外。脅贖而歸。旁入銅爵大宴。禰衡擊鼓。仍以文姬原配團圓。皆眞實典故。寫出中郎女之上。乃用外扮孟德。不塗粉墨。說者以銀臺同姓。故爲遮飾。不知古今來之大奸大惡。豈無一二嘉言善行。足以動人興感者。由其罪惡重大。故小善不堪掛齒。然士君子衡量其生平。大惡固不勝誅。小善亦不忍滅。而于中有輕重區別之權焉。夫此一節。亦孟德篤念故友。憐才尚義豪舉。銀臺表而出之。實寓勸懲微旨。雖惡如阿瞞。而一善猶足改頭換面。人胡不勉而爲善哉。

若前琵琶則高東嘉撰于處州郡城之西。姜山上懸藜閣中。予守括蒼。曾經其地。閣雖已圮。而青山如故。不勝今昔詞人之感。傳言明大祖讀琵琶記。極爲稱賞。但欲改易一二處。面語東嘉曰。誠能改之。賜以官。東嘉唯唯。然竟不肯易一字。于此見其品行之高。記中賓白宏博。可以見其學問之大。詞曲真切。可以見其才情之美。自古迄今。凡塡詞家。咸以琵琶爲祖。西廂爲宗。更無有等而上之者。至于立名琵琶。或云因指王四而言。趙五娘者。趙姓下第五爲周氏。蔡邕者。取賣菜傭下二字同音也。皆不可考。旣諸姓名假借。何獨有取于伯喈中郎。而加以不孝乎。且漢世尚無狀元之名。未有八旬父母。其子娶婦止兩月者。況陳留距洛陽不遠。焉有子登巍科。贅親相府。官居議郎。不捷報于家。並道路相傳無一知之者。陳留洛陽屬邑。如此飢荒。卽使不歸。何難拯救。乃忍聽父母餓死。而耳無聞者。及至五娘上路。忽又有李旺接取家眷一差。種種疑竇。在東嘉或有別解。今後人曲爲回護。
終屬牽强。恨不一起東嘉而問之。予題一絕云。琵琶
一曲寫幽懷。自是千秋絕妙才。歌舞場中傳故事。蔡
邕眞個狀元來。

在園曲志終

大成曲譜論例

清虞山周祥鈺撰

分配十二月令宮調總論

燕樂四聲二十八調

宋史燕樂志。以夾鐘收四聲。曰宮。曰商。曰羽。曰閏。閏爲角。其正角聲。變徵聲。徵聲。皆不收。而獨用夾鐘爲律本。宮聲七調。曰正宮。高宮。中呂宮。道宮。南呂宮。仙呂宮。黃鐘宮。商聲七調。曰大石調。高大石調。雙調。小石調。歇指調。商調。越調。羽聲七調。曰般涉調。高般涉調。中呂調。平調。南呂調。仙呂調。黃鐘調。角聲七調。曰大石角。高大石角。雙角。小石角。歇指角。商角。越角。此其四聲二十八調之略也。

世傳宮調不可曉處

顧世傳曲譜。北曲宮調。凡十有七。南曲宮譜。凡十有三。其名大抵祖二十八調之舊。而其義多不可考。又其所謂宮調者。非如雅樂之某律立宮。某聲起調。往往一曲可以數宮。一宮可以數調。其宮調名義。既不可泥。且燕樂以夾鐘爲黃鐘。變徵爲宮。變宮爲閏。其宮調聲字亦未可據。按騷隱居士曰。宮調當首黃鐘。而今譜乃首仙呂。且既曰黃鐘爲宮矣。何以又有正宮。既曰夾鐘姑洗無射應鐘爲羽矣。何以又有羽調。既曰夷則爲商矣。何以又有商調。且宮商羽各有調矣。而角徵獨無之。此皆不可曉者。或疑仙呂之仙乃仲字之訛。大石之石乃呂字之訛。亦尋聲揣影之論耳。續通考謂大石本外國名。般涉卽般贍。譯言般贍。華言曲也。

四時聲音所宜

夫南北風氣固殊。曲律亦異。然宮調則皆以五聲旋轉於十二律之中。廖道南曰。五音者。天地自然之聲也。在天爲五星之精。在地爲五行之氣。在人爲五藏之聲。由是言之。南北之音節雖有不同。而其本之天地之自然者。不可易也。且如春月盛德在木。其氣疎達。故其聲宜嘽緩而駘宕。始足以象發舒之理。若仙呂之醉扶歸。桂枝香。中呂之石榴花。漁家傲。大石之長壽仙。芙蓉花。人月圓等曲是也。夏月盛德在火。其氣恢台。其聲宜洪亮震動。始足以肖茂對之懷。若越調之小桃紅。亭前柳。正宮之錦纏道。玉芙蓉。普天樂等曲是也。秋之氣颯爽而清越。若南呂之一江風。浣溪沙。商調之山坡羊。集賢賓等曲是也。冬之氣嚴凝而靜正。若雙調之朝元令。柳搖金。黃鐘之絳都春。畫眉序。羽調之四季花。勝如花等曲是也。此蓋聲氣之自然。本於血氣心知之性。而適當於喜怒哀樂之節。有非人之智力所能與者。

我仁皇帝考定元聲。審度制器。黃鐘正而十二律皆正。則五音皆中聲。八風皆元氣也。今合南北曲所存燕樂二十三宮調諸牌名。審其聲音。以配十有二月。正月用仙呂宮。仙呂調。二月用中呂宮。中呂調。三月用大石調。大石角。四月用越調。越角。五月用正宮。高宮。六月用小石調。小石角。七月用高大石調。高大石角。八月用南呂宮。南呂調。九月用商調。商角。十月用雙調。雙角。十一月用黃鐘宮。黃鐘調。十二月用羽調。平調。如此則不必拘拘于宮調之名。而聲音意象自與四序相合。羽調即黃鐘調。蓋調闕其一。故兩用之。而子當夜半。介乎兩日之間。於義亦宜也。閏月則用

道宮般涉調應裁併

仙呂入雙角。仙呂卽正月所用。雙角卽十月所用。合而一之。履端於始。歸餘於終之義也。

至於舊譜所傳六宮十一調。沈自晉曾謂自元以來又亡其四。自十七宮調而外。又變爲十三調。則知道宮歇指久已失傳。而廣正譜尚立道宮之名。惟採董解元西廂凭欄人解紅小套。以存其舊。徧考元人百種。雍熙樂府。以及元明傳奇。皆無道宮全套。卽南詞亦不多概見。合將北詞凭欄人等名。南詞赤馬兒等名。審其聲音相近。裁併之。不復承訛襲謬。若夫般涉調雖隸於羽聲七調內。今南北詞亦祇寥寥數闋。考諸各譜。附於正宮者俱多。顧般涉本係黃鐘爲宮。自當歸入黃鐘宮。用存循名核實之義云爾。

南詞譜例

句段

舊譜句段不清。今將韻句讀詳悉註出。又舊譜不分正襯。以致平仄句韻不明。今選月令承應法宮雅奏。作程式。舊譜體式不合者刪之。新曲所無。仍用舊曲。

仙呂雙角合套

南譜舊有仙呂入雙調。夫仙呂雙調。聲音迥別。何由可合。今將仙呂歸仙呂雙調歸雙調。但古有是名。不可竟廢。今用南仙呂步步嬌。北雙角新水令等曲合成套數。以存其舊。

譜詞作曲

引本於詩餘。或半或全。不同。舊譜不定工尺。今俱譜出。夫詩餘本可加板作曲。譜入管絃。向來雌雄俗說不足據。

又一體

舊譜一牌名重用者皆曰前腔。夫腔不由句法相同。即使平仄同。其陰陽斷不能同。何云前腔。平九宮大成稱爲又一體者。是其首句有多字少字處。舊名前

疊與格

腔換頭。今總稱爲又一體。

重句爲疊。始於江沱之不我與也。其稱爲格者。亦有由來。三百篇中或用之。或用兮。或用止。或用只。楚辭則用些。其鼻祖矣。是皆水紅花也囉之類。韻在其上。本字爲語助也。至若一字爲句而無其義。若駐雲飛之嗏者。則古詩妃呼豨之屬也。今並註明爲疊爲格云。

句讀

句字長短。古無定限。如二字爲句。則祈父肇禋之屬也。三字爲句。則思無邪於繹思之屬也。四五六七字。六代以來所常用。不具論。若八字則我不敢效我友自逸之屬也。九字人莫躋于山而躋于垤之屬也。十字饘于是粥于是以餬余口之屬也。十一字以上。荀卿成相辭備有之。若少至一字。則雖都俞吁咨。載在二典。而於歌辭不少概見。惟宋詞十六字令之第一句之屬乃有之。至若漢曲。故春非我春夏非我夏秋非我秋冬非我冬。以十七字爲一句。亦罕其偶也。短於七字者無論。若長於七字。則雖作一句。究之必有可讀之處。是以唐人近體。至七字而止。七字之聲音克諧也。今遇八字以上句。並加讀焉。

格韻句之異

凡曲中一字成句者。有格與韻之不同。如駐雲飛之嗏字。此則本體必應如是者也。或換字換韻。總註爲格。他如悞佳期之一字句。正體所無。乃屬又一體。則註爲韻。不叶韻者。即註爲句。蓋格者一定不移之理。註韻註句者。變動不拘之謂也。

板

襯字無正板。蓋板固有定式也。俗云死腔活板者。非但詞先而板後。若詞應上三下四句法。而悞填上四

取聲略文

以詞補充

改犯曲爲集曲

下三。則又不得不挪板以就之。修好詞句。究屬遷就。非端使然也。

譜中所收殺狗記。臥冰記。文句鄙俚。拜月亭差勝。而用韻亦復夾雜。蓋詩濫觴而爲詞。詞濫觴而爲曲。此則曲之崑崙墟。故歷來用爲程式。但取音聲。不問字句。今若盡行削去。則牌名體式不具。不得已而收之。

各宮調牌名。曲本所無。選詞以補之。元以後之曲。卽宋以前之詞。非有二也。但詞韻與曲韻不同。度曲者仍用中原韻塡之可也。

詞家標新領異。以各宮牌名彙而成曲。俗稱犯調。其來舊矣。然於犯字之義。實屬何居。因更之曰集曲。譬如集腋以成裘。集花而釀蜜。庶幾於五色成文。八風從律之旨。良有合也。

集句之法

唐宋詩餘。無相集者。後人創立新聲。乃有集調。如青媲白。去真素遠矣。顧有其舉之。亦所不廢。今以曲譜大成。南詞定律。蔣沈諸譜。擇而用之。未善者稍爲更改。起句必用首句。中用中句。末用末句。假如正宮集曲內三十腔之類。如集一首須集一末相應。不在此例。

集調之法

各宮集調。假如中呂宮起句。中間所集別宮幾句。末又集別宮幾句。至曲終必須皆協入中呂宮。音調始和。若起句是中呂宮。次句集黃鐘宮。即度黃鐘宮之音聲。便是合錦清吹。不宜用之度曲。譜中風雲會四朝元。有集各宮者。首句乃雙調內四朝元。至曲終皆是雙調之音聲。可證。

集曲命名

集曲命名。初無一定。往往有名義可取。而聲律失調

尾聲

者。亦有節奏克諧。而名義欠雅者。今則悉爲釐正。或曲則猶是也。而中間所集之句。其舊註小牌名句段。庸有與本體不合。則另擇別曲句段相對者易之。如梅花樓之桂香轉紅馬。曲中所集紅葉兒上馬踢。今易以悞佳期。其總名自當另改。夫既換去紅馬二曲之集句。使仍其舊名。於義何居。閱者不得謂舊曲而立新名。誠所貴乎纍纍如貫珠耳。抑命名原取合義。倘一曲有兩名者。不妨各自取裁。如好事近一名杏壇三操。若集曲曰好銀燈好事有四美。則當註好事近。若集曲曰榴花三和。則當註杏壇三操。否則名義不貫。由此類推。莫能枚舉。間有新製集曲採入。以見心花競粲。墨徑旁開。不得拘拘于古人成式也。

尾聲乃經緯十二律、故定十二板式。律中積零者爲閏。故亦有十三板者。而尾聲三句。或十九字至二十一字止。多卽不合式。如四大夢傳奇之尾聲。有三十多字。度曲者不顧文義。刪落字眼。遵依尾聲格式擊板。兩失之矣。今俱不錄。

板式

曲之高下疾徐。俱從板眼而出。板眼斯定。節奏有程。今頭板用、。卽實板。拍於音始發也。腰板用乚。卽掣板。拍於音之半也。底板用一。卽截板。拍於音乍畢也。其襯板之頭板則用、。腰板則用乚。以別於正板者。易於識認也。至於一板分註七眼。太覺繁瑣。今正眼則用口。徹眼則用囗。舉目瞭然。樂行而倫清已。

北詞譜例

體式來源

定譜中曲式。謹以月令承應。元人百種。雍熙樂府。北宮詞紀。及諸譜傳奇中。選擇各體各式。依次備列。

取材註名

雍熙樂府。不同元人百種。每折皆有命名。其彙收之曲。既非一體。有不入雜劇。偶成散套。與時曲相同者。則當分註散曲。亦有元人百種。止載雜劇目錄。而雍熙樂府內。節錄數曲者。則當分註原名。更有有曲無題者。則當分註雍熙樂府。至於套曲。例用四字爲題。如字數或多或寡。則亦槪註雍熙樂府。餘外傳奇套曲。不拘此例。閱者不得謂同一是書。而中間分註互異如此。良有故也。若夫元人百種。並無散曲以及無題者。使亦照雍熙樂府格式。則元人百種總名。幾無所用作題頭矣。學者何從而識元人之面目乎。是以不行分註原名。統註爲元人百種。禮記曰。無勦說。毋雷同。爲此不膠於一。俾條分而縷晰。可溯流以窮源。猶之一事而再見者。前目而後凡之旨云耳。

隻曲

北詞隻曲。猶如南詞正曲。亦可隨分接調。不必拘於成套也。若概欲規仿前人。則向來未收入套之牌名。將棄置不復用乎。此亦其顯而易見者也。故譜中先列隻曲在前。便於塡詞審用。成套者另彙爲卷。以示矩範。

套曲

套曲諸譜。止列其名目。今將每宮調套式。各舉數套。始得體備。內中或有用別宮調者。前人已定之規範。聲以類從。惟其變化生心。益覺宮商在手。細溯其流。自可洞鑒其源也。

南北合套

南北合套。元人舊體。各宮調俱有套格。今通行者。不過新水令步步嬌套。粉蝶兒好事近套。醉花陰畫眉序套。餘體失傳。今於各宮調之後。各列二套。且南曲俱可接調。本無專用一宮。今合套內以北曲爲主。其

四聲陰陽

南曲或有移商換羽之處。閱者審之。

北曲字音。與南音稍異。元周德清中原音韻。入聲分隸平上去三聲之內。可謂得其梗概。但止於平聲分陰陽。而上去不分。尚欠精析。今譜以工尺。陰陽自分。知音者宜辨諸舌唇齒齶之間。用以輔中原音韻之所未逮也。

板眼

北曲落板。與南曲不同。一起三四調俱作底板。其落板之曲。或有於第三四句方落實板。或一兩曲已落實板。而忽又搜板不落。或煞尾前半闋已落實板。後半闋作收煞。每句用一底板。此皆度曲之跌賺處。總之。北曲貴乎跌宕閃賺。故板之緩急。亦變動不拘。常有一字而下三四板者。至襯字多處。亦不妨增一二底板以就之。聲初出即下者曰迎頭板。亦曰實板。則用、。字半而下者曰掣板。亦曰腰板。則用乚。聲盡而下曰底板。亦曰截板。則用一。板之細節曰眼。一板原有七眼。連板爲八數。細節不能盡列。止將正眼註出。口爲一板一眼。凡腔之緊慢。眼之遲疾。知音識譜者自能會意。或云襯字不加正板。原屬正理。但元人曲中。多用方言俚語。每冠於正文之上。此卽落板歉下之處。如百字折桂令。百字堯民歌。百字知秋令。增字鴈兒落。襯字倍於正文。諸如此類。拘之以理。難以合度。卽勉增一二板度之。使其文句清楚。不致躲閃不迭。良爲方便。見者勿謂其正襯不分。然亦不可爲例。今祇取備體合格。襯字雖繁。不能一一淘汰。

曲之爲句。長短不齊。要其句法。不過自一字以至七字而止。句有平拈仄拈。平押仄押之異。押韻處最爲緊要。句法者體格所由辨也。平仄拈押妥協。腔調所由生也。神明其法。可以類推。體格腔調旣定。襯字自明也。遍考諸舊譜。俱限七字爲句。無論文義。皆截爲襯字。幾不成文矣。今多留一二正字。全其文義。除去正文中間作讀。章句益覺完美。

曲之分別宮調。全在腔板。如仙呂調套中。有借中呂調一二曲。其腔板稍異。必依仙呂調之聲音。始爲妥協。有字數句法雖同。而腔板迥異。卽截然兩調。今悉依宮調。以定腔板。或轉因腔板。以正宮調。腔之高下。按以工尺。而腔之遲疾。限以板眼。旣考歷來相傳之成規。復參以國工修改之新法。舉向之無板者悉爲點出。向之有板者重爲釐正。按板循腔。無不可付之歌謳。被之絃管也。

襯字

曲之有襯字。猶語助也。藉以暢達文理。而不可當作正文。舊譜不能辨析。以致句法參差。體格淩亂。後人認作實字。承訛襲謬。伊於何底。今細考句法。詳定體格。將襯字逐一分出。字體略小。使填詞者知所稟程焉。

格韻句

北詞不同於南詞。凡遇呀字。嗏字。本曲換韻不換字處。皆註爲格。他如上馬嬌之儂字。醉鴈兒之天字。君字本曲換字不換韻處。概註爲韻。失韻者即註爲句。略舉其端。填詞者不致眩目也。

工尺音調

工尺字譜。古制十二律呂。陰陽各六。其生聲之理。陽律六音。而繼以半律。陰呂六音。而繼以半呂。各得七聲。至八而原聲復。是律呂雖有十二。而用之止於七也。五聲二變。合而爲七音。近代皆用工尺等字以名聲調、四字調乃爲正調。是譜皆從正調。而翻七調。七調之中。乙字調最下。上字調次之。五字調最高。六字調次之。今度曲者用工字調最多。以其便於高下。惟遇曲音過抗。則用尺字調或上字調。曲音過衰。則用凡字調或六字調。今譜中仙呂調爲首調。工尺調法。七調俱備。下不過乙。高不過五。旋宮轉調。自可相通。抑可便俗。以下各宮調俱從正調出。

調名

曲有一體二名。或三四名。總以最初之名爲正。或有別名。或名同而體格異。或某宮調亦有。俱詳列於本題之下。

牌調及又一體

曲出於詞。故曲之牌名。亦大半本諸詩餘。其詞句大異者。不便附會牽引。其詞句脗合。及稍有增損。而格調仍髣髴者。皆從詞譜摘選。以爲考證。世尚王實甫西廂。諸譜皆收。但彼係絃索音調。另成一家。今譜中衹取其格。詞句不錄。又諸譜所載各曲之正體。不能畫一。今選字句最少者爲正格。凡增句增字平仄拈異者。皆爲又一體。

南北合套

仙呂入雙調之名。南北諸譜皆載。此名不知何昉。在於宮調。並無是名。假仙呂宮有雙調曲。是名仙呂入雙調。若商調有仙呂宮調曲。卽爲商調入仙呂調。此訛傳也。今選仙呂宮之南詞。雙角之北詞。南北合套者。爲閏月另成一帙。是爲仙呂入雙角。以證舊日之訛。

煞尾

北調煞尾。最爲緊要。所以收拾一套之音節。結束一篇之文情。宮調既分。體裁各別。在仙呂調曰賺煞。在中呂調曰賣花聲煞。在大石角曰催拍煞。在越角曰

韻叶押

收尾。諸如此類。皆秩然不紊。今譜中之慶餘。乃諸調煞尾之別名。用者尋其本而自得之。

曲韻須遵周德清中原韻。但今所選。不能盡符。未便因咽廢食。今於用中原韻處。則書韻。如中原韻所無。而沈約韻所通者。則書叶。中原韻所無。沈約韻亦無者。則書押。假如齊微韻。凡收入齊微者應書韻。如中原齊微韻所無而沈約韻五微八齊內所有及沈約本稱古韻通者。則書叶。倘混入東鍾。則書押。餘仿此。叶者古本有是音而叶也。押者強押之辭。言但取其格。不可法其用韻夾雜也。南詞同。

大成曲譜論例終

易餘曲錄

新曲苑第二十一種

清江都焦循撰

四聲平上去入。周德清分平聲爲陰陽。於是聲有五。此天地自然之聲。不可增減者也。說者謂上去入亦各有陰陽。余向在浙嘗作四聲陰陽辨。以明其謬。亦詳矣。偶閱毛先舒韻學通指。則本范善溱中州全韻。謂有七聲。平去入皆有陰陽。惟上聲無陰陽。列爲圖表。余爲核之。仍差謬不足爲訓。今列其圖於左。

上去入不分陰陽。

陰平聲　种該箋腰　陽平聲　篷陪全潮

上聲　無陰陽

陰去聲　貢玠霰釣　陽去聲　鳳賣電廟

陰入聲　穀七妾鴨　陽入聲　孰亦爇鑞

按聲之有五。乃一氣自然轉接。不俟更端者也。如公拱貢穀四字一氣。而公爲陰平。其下實有陽平字相承轉。其字有音無字。試卽以陰陽兩字言之。陰影映瓮四聲也。陰字下實有吟字。一轉乃到影字。爲陰吟影映瓮五聲。陽養漾藥四聲也。陽字上實有央字起頭。乃到陽字。爲央陽養漾藥五聲。此不俟更端自然承接。周捨沈約定四聲。未能悟此。至元周德清悟得。因有陽平陰平。實足補周捨沈約之所未及也。其目以陰陽者。仍以聲明聲。如天子聖哲之爲平上去入。非平有陰陽。上去入亦有陰陽也。如謂去入有陰陽。則陰吟影映瓮之間。當有兩聲。自然承接矣。而無之也。大抵毛氏認輕重內外爲陰陽。故以貢爲陰。鳳爲陽。穀爲陰。孰爲陽。不知此等不獨去入有之。上亦有

駁徐大椿四聲皆有陰陽說

之。陽平陰平亦各有之。乃更端而得分輕重之聲。非一氣自然轉落之聲。聲止有五。無有七也。陰陽二字皆平聲。陰之陽聲爲吟。陽之陰聲爲央。陰卽聲之如陰者也。陽卽聲之如陽者也。當曰平之陰。平之陽。今稱陽平陰平尚可。若云陽去陰去陽入陰入。是不異稱平去平入矣。既去矣。何又爲平。既入矣。何又爲平。既去矣入矣。何又爲陰爲陽。蓋認陰陽爲高下之名。如脈之有陰脈陽脈。畫之有陰面陽面。不知聲之有陰平陽平。乃以聲明聲。可稱陰陽。亦可稱央吟。卽毛氏所列。亦可稱种篷。稱該陪。稱箋全。稱要潮。平字是陽聲。當日若不用陰陽二字。但於平字上加一陰聲之字。則無毛氏等之惑矣。

吳人徐靈胎名大椿。工於醫者也。亦善唱曲。有樂府傳聲一卷。謂曰。聲各有陰陽。中原音韻只平聲有陰陽。餘三聲皆不分陰陽。或又以爲去入有陰陽。上聲獨無陰陽。此更悖理之極者。蓋四聲之陰陽皆從平聲起。平聲一出。則四呼皆來。一貫到底。不容勉强。亦不可移易。豈有平聲有陰陽。而三聲無陰陽者。亦豈有平去入有陰陽。而上聲獨無陰陽者。如宗字爲陰。宗總縱足皆陰也。戎字爲陽。戎冗誦族皆陽也。豈可宗戎有陰陽。而下六字無陰陽。豈可縱足與誦族有陰陽。而總與冗無陰陽。余嘗欲以中原音韻四聲之陰陽每字皆爲分定。尚未遑而有待。但作曲者能別平聲之陰陽。已屬難事。若並三聲而分之。則尤難於措筆。以上皆徐氏說、按徐氏謂平聲一出。則四呼皆來。一貫到底。是也。既知此義。則不得謂上去入亦有陰陽。玩其舉宗戎二字。蓋於平聲之有陰陽尚未了然。故云作曲者能知平聲之陰陽已屬難事也。坐不知陰陽二字以聲明聲。以陰陽上去入爲五聲。自於此義了然矣。宗字爲陰聲是矣。不知宗總縱足。宗字下。自有陽聲。有音無字。非無此聲也。戎字爲陽聲是矣。不知戎冗誦族。戎字上自有陰聲。亦有音無字。非無此聲也。總縱足三聲共陰陽兩平。非單貫一宗字。冗誦族三聲亦共陰陽兩平。非單貫一戎字。試以陰陽二字言之。陰吟影映益影。映益三字貫陰。亦貫吟。則此影映益三字爲陰平。爲陽平。央陽養漾藥。養漾藥三字貫陽。亦貫央。則此養漾藥三字爲陰平。爲陽平。所以艱於措筆者。正於此未能了然也。宗之於戎。猶烹之於同。烹爲陰。而其陽自有彭字。同爲陽。而其陰自有

駁嚴粲上讀如去及清濁說

通字。貫之爲亨烹捧㧡撲可也。爲彭捧㧡撲亦可也。其實爲亨烹彭捧㧡撲之五聲也。貫之爲同統痛秃可也。爲通統痛秃亦可也。其實爲通同統痛秃之五聲也。陰陽如春夏。去入如秋冬。上如中央土。不可減一。不可增一者也。

嚴粲詩緝謂凡上聲濁音讀如去聲。又云平上去入四聲。其平聲爲全清者。其上去入皆爲全清。其次清。全濁。不清。不濁者。亦然。錄其圖於左。

全清　東弓包居逋鳩金顛邊賓知

次清　通穹胞胠鋪邱欽天篇繽癡

全濁　同窮庖渠酺求琴田駢頻持

不清不濁　農容茅魚模牛吟年眠珉尼

動奉倖是兕婢被否市恃士仕死俟涘似巳祀耜

汜姒巨秬虛距炬敘緒嶼鱮芧蕷佇竚杼紵羜輔
父腐柱簿部杜戸怙祜岵扈陛蟹亥待逮殆怠倍
在牝混但緩踐俴善趙肇兆旐紹皓昊顥鎬浩皞
抱道稻阜造坐象丈蕩杏荇靜靖迥洞舅婦阜厚
後甚儉頁簟檻范範犯軓　以上竝是上聲全濁。
讀如去聲。

平	東 全清	通 次清	同 全濁	農 不清不濁
上	董	桶	動 讀如去聲	鬞
去	凍	痛	洞	齈
入	督	禿	獨	○ 有聲無字

四聲惟上聲全濁者讀如去聲。謂之重道。如同動洞獨。動洞是重道。蓋四聲皆全濁也。動字雖是上聲。以其爲上聲濁音。只讀如洞字。今人調四聲者。

訣云同桶痛禿不知同爲全濁其桶痛禿皆爲次
清。清濁不倫矣。
按宋時未分陰平陽平。故以通爲次清。同爲全濁。如
嚴氏說。同動洞獨不爲通之陽聲。而爲東之陽聲矣。
以陰陽爲清濁。而不知東通各有陽聲。農亦自有陰
聲也。至謂上聲重讀卽如去聲。此亦非也。上自是上。
去自是去。若輕重讀之。則不特上如去。平亦可似去。
入聲唱之可爲平上去三聲。自不得爲四聲之本聲
也。動奉等字讀爲去聲者。自是訣上爲去。非上聲似
去。余謂聲定有五。陰陽上去入是也。音定有七。宮商
角徵羽半宮半徵是也。每聲以三爲貫。如公空翁宗
聰松是也。其貫不能以三者。音蹇澀不可調者也。東
通農(讀作陰)三聲相貫。於通下增一同字。不知同通爲

八十四調全聲何以至北曲祇用六宮十一調

陰陽。東通農讀作陰三聲貫。東讀作陽同農三聲亦貫。而董桶齈三聲。動痛弄三聲。督禿搙三聲。亦無不貫。無所爲上聲如去也。近時金壇段氏謂古無去聲。嘉定錢氏謂古無輕脣音。余不謂然。古無平上去入等名目。非無此聲也。未分陰陽之前。人但知有四聲。然不可謂無陰陽之聲也。古今同此喉舌齒腭。未容於紙上尋之。

十二律以五音旋之則有六十。以七音旋之則有八十四。隋唐以來。僅有二十八調。元明用六宮十一調而已。或疑八十四六十之數非其實。然不必疑也。如以喉舌齒牙唇各依等韻。則必有若干音。然其中有重複者。有蹇澀不可以音者。有風土各地之不同者。以理排之有此數。以口調之則不足矣。制之爲字。又不及其音之半。說文九千餘字。便於用而人共識之者又不及其半。玉篇以下。字日增。而有音無字者仍多。不得以所用者少。遂疑古之字本少。亦不得以字不及音之數。遂疑並無此音。聲調之有八十四。論其理如是也。其相習而便於口中於耳固無幾何。古音不盡悅耳。後世既求其悅耳。又取其便於肄習。故日減日少。無可疑也。姜白石徵招序云。予嘗考唐田畸聲律要訣云。徵與二變之調。咸非流美。故自古少徵調曲也。徵爲去母調。如黃鍾之徵以黃鍾爲母。不用黃鍾。乃諧。故隋唐舊譜。不用母聲。琴家無媒調。商調之類皆徵也。亦皆具母弦而不用。然黃鍾以林鍾爲徵。住聲於林鍾。若不用黃鍾聲。便自成林鍾宮矣。故大晟樂府徵調兼母聲。一句似黃鍾均。一句似林鍾均。所以當時有落韻之語。余嘗使人吹而聽之。寄君聲於臣民事物之中。清者高而亢。濁者下而遺。萬寶常所謂宮離而不附者是已。因再三推尋唐譜並琴弦法。而得其意。黃鍾徵雖不用母聲。亦不可多用變徵。蕤賓變宮應鍾聲。不若用黃鍾。而用蕤賓應鍾。即是林鍾宮矣。餘十一均徵調放此。其法可謂善矣。然無清聲。只可施之琴瑟。難入燕樂。故燕樂缺徵調。不必補可也。按白石此序甚詳明。不用母聲。不用二變。其音不中於耳。故不用此調也。譬如入聲。一涉永歎。便非本字。故北曲派入三聲。南曲雖有入聲。而其腔全是平聲矣。蓋入聲出口戛然便止。若直如其聲。便質樸無音節。不中聽矣。無徵調亦以此也。徵調之所以缺。如是則宋元不用羽角。不用高宮。可知其故。然

金元文學應取其曲

張小山曲之校正

則八十四調止用二十八。又止用十七。可類推矣。

詞之體盡於南宋。而金元乃變爲曲。關漢卿。喬夢符。馬東籬。張小山等。爲一代鉅手。乃談者不取其曲。仍論其詩。失之矣。

詞綜選張可久風入松一首。詠九日。首四句云。哀箏一抹十三弦。飛雁隔秋煙。攜壺莫道登臨樂。雙雙燕爲我留連。按小山樂府載此作。雙雙爲我留連。無燕字。雙雙卽指上飛雁。雁與燕不當雜出。且九日不復有燕矣。蓋雁指箏上所有。雙雙卽此雁也。程易疇先生遊盤山。親閱道宗舍利碑。爲王洙撰。因校朱彞尊吉金貞石志。錄此碑文。內中妄增一語。詳見通藝錄。小山樂府世不多有。余適有之。乃得校出增多燕字。又人月圓一首云。片時春夢。十年往事。一點詩愁。彞尊改

金元曲劇體裁通於唐人求科第之温卷

作閒愁。又故人何在。前程那裏。心事誰同。彝尊改作前程莫問。又白家亭館。吳宮花草。長似坡詩。可人憐處。啼烏夜月。猶怨西施。彝尊改作可似當時。最憐人處。以音調推之。可謂削圓方竹杖矣。

雲麓漫抄云。唐之舉人。先藉當世顯人。以姓名達之主司。然後以所業投獻。踰數日。又投。謂之温卷。如幽怪錄傳奇等皆是也。蓋此等文備衆體。可以見史才詩筆議論。至進士則多以詩爲贄。今有唐詩數百種行於世者是也。按此則唐人傳奇小說乃用以爲科舉之媒。此金元曲劇之濫觴也。詩既變爲詞曲。遂以傳奇小說譜而演之。是爲樂府雜劇。又一變而爲八股。舍小說而用經書。屏幽怪而談理道。變曲牌而爲排比。此文亦可備衆體。史才詩筆議論。其破題開講

八股入口氣原本於曲劇

卽引子也。提比中比後比卽曲之套數也。夾入領題出題段落卽賓白也。習之既久。忘其由來。莫不自詡爲聖賢立言。不知敷衍描摹。亦仍優孟之衣冠。至摹寫陽貨王驩太宰司敗之口吻。敍述庾斯抽矢。東郭乞餘。曾何異傳奇之局段邪。而莊老釋氏之旨。文人藻績之習。無不可入之。第借聖賢之口以出之耳。八股出於金元之曲劇。曲劇本於唐人之小說傳奇。而唐人之小說傳奇爲士人求科第之温卷。緣迹而求。可知其本。

元人曲止正旦正末唱。餘不唱。其爲正旦正末者。必取義夫貞婦。忠臣孝子。厚德有道之人。他如宵小市井。不得而干之。余謂八股入口氣。代其人論說。實原本於曲劇。而如陽貨臧倉等口氣之題。宜斷作。不宜

孤裝爨弄應分爲二

代其口氣。吾見工八股者。作此種題文。竟不啻身爲孤裝邦老。甚至助爲訕謗口角。以偪肖爲能。是當以元曲之格爲法。

周密武林舊事所載官本雜劇之名。有所謂爨者。如鍾馗爨。天下太平爨之類。有所謂孤者。如思鄉早行孤。迓鼓孤之類。有所謂妲者。如襤哮店休妲。老姑遺妲之類。有所謂酸者。如襤哮負酸。眼藥酸之類。按輟耕錄云。孤裝又謂之五花爨弄。或曰宋徽宗見爨國人來朝。衣裝鞵履巾裹傅粉墨舉動如此。使優人效之以爲戲。然則爨與孤裝爲一。然所載孤酸妲旦等名。屬諸雜大小院本。而諸雜院爨別爲一類。有所謂三跳澗爨。開山五花爨。變二郎爨等目。攷元人劇中。其題目正名有云還牢末者。則正末當場也。有云貨郎旦者。則正旦當場也。錄鬼簿關漢卿有擔水澆花旦。中秋切鱠旦。吳昌齡有貨郎末泥。尚仲賢有沒興花前秉燭旦。楊顯之有跳神師婆旦。其義亦同。孤謂官。酸謂秀士。旦卽旦。蓋宋時以裝官者爲孤。以傅粉墨者爲爨。元以傅粉墨者裝官。故孤裝爨弄。混而爲一。究之官不必皆傅粉墨。故孤爨仍分兩目。觀其爲鍾馗。爲二郎變。則不特傅粉墨。並傅五采。故稱五花爨。今優人以五采塗面爲鬼神魔魅。及武士賊寇者。皆爨也。凡稱酸。謂以正末扮秀士當場也。至有云酸孤旦者。則三色當場。有云雙旦降黃龍者。則兩旦當場。其稱爨者。則以五采塗面。倬刀夾棒相打鬧也。

莊嶽委談云。世謂秀才爲措大。元人以秀才爲細酸。倩女離魂首折。末扮細酸王文舉是也。按元曲倩女

折數與楔子

脚色

離魂劇中。無細酸二字。

元曲皆四折。或加楔子。惟趙氏孤兒五折。又有楔子。

生曰淨丑。元曲無生之稱。末即生也。今人名刺或稱晚生。或稱晚末。眷末。或稱眷生。然則生與末通稱。爲元人之遺與。元曲有正末。又有冲末。副末。小末。任風子劇中冲末扮馬丹陽。正末扮任屠。碧桃花冲末扮張珪。副末扮張道南。貨郎旦冲末扮李彥和。小末扮李春郎是也。小末亦稱小末尼。東堂老正末同小末尼上是也。冲末又稱二末。神奴兒冲末扮李德義。後稱李德義爲二末是也。旦有正旦。老旦。大旦。小旦。貼旦。色旦。搽旦。外旦。旦兒。諸名。中秋切鱠正旦扮譚記兒。旦兒扮白姑姑。碧桃花老旦扮張珪夫人。正旦扮碧桃。貼旦扮徐端夫人。張天師夜斷辰句月搽旦扮封姨。旦兒扮桃花仙。正旦扮桂花仙。救風塵外旦扮宋引章。貨郎旦外旦扮張玉娥。玉壺春貼旦扮陳玉英。神奴兒大旦扮陳氏。陳摶高臥鄭恩引色旦上。悞入桃源小旦上云。小妾是桃源仙子侍從的是也。有單稱旦者。抱粧盒正旦扮李美人。旦扮劉皇后。旦兒扮寇承御。倩女離魂旦扮夫人。正旦扮倩女是也。丑淨外三色。名與今同。乃碧桃花外扮薩真人。外又扮馬趙温關天將。是同場有五外。陳州糶米外扮韓魏公呂夷簡。爭報恩外扮趙通判。外又扮孤。楚昭王疏者下船外扮孫武子。伍子胥小尉遲認父歸朝外扮徐茂公。房元齡。皆同場有二外。謝金吾詐拆清風府外扮焦贊。孟良。岳勝。是同場有三外。百花亭二淨扮雙解元。柳殿試。鬧上舉案齊眉二淨扮張小員外。馬舍上。殺狗勸夫。東堂老。並二淨扮柳隆卿。胡子傳。合汗衫淨扮卜兒。淨扮陳虎。陳州糶米淨扮劉衙內。淨扮小衙內。皆同場有二淨。副淨之名見竇娥冤之張驢兒。牆頭馬上冲末扮裴尚書。引老旦扮夫人上。第二折夫人同老旦嬤嬤上。是同場有二老旦。胡蝶夢外引冲末扮王大王二。范張雞黍正末扮范巨卿。同冲末扮孔仲仙。張元伯。是當場有二冲末。桃花女小末扮石留住。又小末扮增福。第四折石留住增福同場。是當場有二小末。陳州糶米丑扮楊金吾。又二丑扮二斗子。是同場有三丑。其末旦淨丑之外。又有孤。倈兒。孛老。邦老。卜兒等目。貨郎旦冲末扮孤。殺狗勸夫外扮孤。勘頭巾淨扮孤。扮孤者無一定也。金線池搽旦扮卜兒。秋胡戲妻。王粲登樓。並老旦扮卜兒。合汗衫淨扮卜兒。是扮卜兒者無一定也。貨郎旦淨扮孛老。瀟湘雨外扮孛老。薛仁貴榮歸故里正末扮孛老。硃砂擔沖末扮孛老。是扮孛老者無一定也。蓋孤者官也。卜兒者婦人之老者也。孛老者男子之老者也。倈兒多不言何色扮之。惟貨郎旦李春郎前稱倈兒。後稱小末。則前以小末扮倈兒。蓋倈兒者扮爲兒童狀也。春郎前幼。當扮爲兒童。故稱倈兒。後已作官。則稱小末耳。邦老之稱。一爲合汗衫之陳虎。一爲盆兒鬼之盆罐趙。一爲硃砂擔之鐵旛竿白正。皆殺人賊。皆以淨扮之。然則邦老者。蓋惡人之目也。邦老卽鮑老之轉聲。

輟耕錄有諸雜砌之目。未知所謂。按元曲殺狗勸夫。祇從取砌末上。謂所埋之死狗也。貨郎旦外旦取砌末付淨科。謂金銀財寶也。梧桐雨正末引宮娥。挑燈拿砌末上。謂七夕乞巧筵所設物也。陳摶高臥外扮使臣。引卒子捧砌末上。謂詔書纁幣也。冤家債主和尚交砌末科。謂銀也。誤入桃源正末扮劉晨外扮阮肇。各帶砌末上。謂行李包裹。或采藥器具也。又淨扮劉德。引三王留等將砌末上。謂春社中羊酒紙錢之屬也。

殺狗勸夫不題作者姓氏。點鬼簿有王翛然斷殺狗勸夫。爲蕭德祥作。今此曲中孤自稱王翛然。蓋卽蕭作。裴少俊牆頭馬上。白仁甫作。點鬼簿作鴛鴦簡牆頭馬上。便宜行事虎頭牌。李直夫作。點鬼簿作武元皇帝虎頭牌。李素蘭風月玉壺春。武漢臣作。點鬼簿武有鄭瓊娥梅雪玉堂春。無此目、陶學士醉寫風光好。戴善夫作。點鬼簿戴無此目。翠紅鄉兒女兩團圓。楊文奎作。點鬼簿無此人。半夜雷轟薦福碑馬致遠作。包待制三勘胡蝶夢關漢卿作。點鬼簿馬關無此目。河南府張鼎勘頭巾。孫仲章作。點鬼簿陸登善有此目。孫仲章無此目。李太白匹配金錢記。喬夢符作。點鬼簿題爲唐明皇御斷金錢記。別有柳眉兒金錢記。平陽人石君寶作。張天師斷風花雪月。吳昌齡作。點鬼簿作張天師夜祭辰鉤月。趙盼兒風月救風塵。關漢卿作。點鬼簿作煙月舊風塵。舊蓋救之譌。兩風字相複。則煙字爲是。同樂院燕青博魚。李文蔚作。點鬼簿題有報冤臺燕青撲魚及燕青射雁二目。無燕青博魚。

西廂記不標脚色

王實甫西廂記。不標淨旦丑之名。曰紅。曰鶯。曰本。曰夫。曰惠。曰杜。曰飛。然則曰生者謂張生。非優人腳色之名爲生也。

兀剌赤

虞兆隆天香樓偶得云。兀剌赤。元人掌車馬者之稱。故拜月有云。兀剌赤兀剌門外等多時。按楊瑀山居新話云。中途有酒車百餘乘。其回車之兀剌赤。多無禦寒之衣。此掌車馬者爲兀剌赤之證。

董關西廂之較

王實甫西廂記。全藍本於董解元。談者未見董書。遂極口稱道實甫耳。如長亭送別一折。董解元云。莫道男兒心如鐵。君不見滿川紅葉。盡是離人眼中血。實甫則云。曉來誰染霜林醉。總是離人淚。淚與霜林。不及血字之貫矣。又董云。且休上馬。苦無多淚與君垂。此際情緒你爭知。王云。閣淚汪汪不敢垂。恐怕人知。董云。馬兒登程。坐車兒歸舍。馬兒往西行。坐車兒往

東拽。兩口兒一步兒離得遠如一步也。王二云車兒投
東。馬兒向西。兩處徘徊。落日山橫翠。董二云我即休怪
強牽衣。問你西行幾日歸。著路裏小心呵且須在意。
省可裏晚眠早起。冷茶飯莫吃。好將息。我專倚著門
兒專望你。王二云到京師服水土。趁程途節飲食。順時
自保揣身體。荒村雨露宜眠早。野店風霜要起遲。鞍
馬秋風裏。最難調護。須要扶持。董二云驢鞭半褭。吟肩
雙聳。休問離愁輕重。向個馬兒上馳也馳不動。王二云。
四圍山色中。一鞭殘照裏。人閒煩惱填胸臆。量這大
小車兒如何載得起。董二云帝里酒釅花濃。萬般景媚。
休取次共別人便學連理。少飲酒。省遊戲。記取奴言
語。必登高第。妾守空閨。把門兒緊閉。不拈絲管。罷了
梳洗。你咱是必把音書頻寄。王二云你休憂文齊福不

齊。我只怕停妻再娶妻。一春魚雁無消息。我這裏青鸞有信頻宜寄。你切莫金榜無名誓不歸。君須記。若見異鄉花草。休再似此處棲遲。董云。一箇止不定長吁。一箇頓不開眉黛。兩邊的心緒。一樣的情懷。王云。他在那壁。我在這壁。一遞一聲長吁氣。兩相參玩。王之遜董遠矣。若董之寫景語有云。聽塞鴻啞啞的飛過暮雲重。有云。回首孤城。依約青山擁。有云。柳隄兒上。把瘦馬兒連忙解。有云。一徑入天涯。荒涼古岸。衰草帶霜滑。有云。驢腰的柳樹上有魚槎。一竿風旆茅簷上掛。澹煙消灑。橫鎖著兩三家。有云。淅零零地雨打芭蕉葉。急煎煎的促織兒聲相接。有云。燈兒一點甫能吹滅。雨兒歇。閃出昏慘慘的半窗月。有云。披衣獨步在月明中。凝睛看天色。有云。野水連天天竟白。

有云。東風兩岸綠楊搖。馬頭西接著長安道。正是黃河津要。用寸金竹索。纜著浮橋。前人比王實甫爲詞曲中思王太白。實甫何敢當。當用以擬董解元。王實甫止有四卷。至草橋店夢鶯鶯而止。其後一卷乃關漢卿所續。詳見王弇州曲藻及都穆南濠詩話。關所續亦依董。惟董以張珙用法聰之謀。攜鶯奔於杜太守。關所續則杜來普救寺也。

元劇中之張鼎

元人孟漢卿有張孔目智勘魔合羅。孫仲章有河南府張鼎勘頭巾。皆云張鼎字平叔。又云具表申奏。加張鼎縣令之職。其申枉發伏與包待制王翛然同。王翛然見歸潛志。金史有傳。張鼎之名見於元史本紀。世祖中統十四年。鄂州總管府達魯花赤張鼎參知政事。十五年。近侍劉鐵木兒言。阿里海牙屬吏張鼎。

今亦參知政事。詔即罷去。蓋即此人。

易餘曲錄終

樂府傳聲序

崑腔南北曲之所由來者。從古樂而變新聲也。大凡度曲。必須以四聲五音。南北字面。用氣用喉諸法則。考證明晰。然後謌之。方不失新聲即古樂之旨也。今之唱崑者。心傳口授。襲謬承訛。是徒得其貌。而未得其真也。余賦性耽斯。摸索已四十年。其聲音字面。尚有書可證可參。不難意會。惟用氣用喉。審情度理。全在心領神會。刻意揣摩。日久月深。始識自然之妙。而自然之妙亦實難以言傳也。辛亥館福山。得王心池茂才。出所藏樂府傳聲示之。是篇爲吳江徐靈胎先生所著。溯本追源。傳聲示法。融會貫通。無微不顯。度曲宗之。可謂盡善盡美矣。余愛而寶之。擬即付刻。以公同好。惟年來碌碌未遑。祕而未發。茲以小閑。願酬初志。更得同人助以授梓。俾樂於斯者早睹爲快耳。

咸豐九年五月。經三百六十甲子。無我道人識。

樂府傳聲敘

度曲之道。非博采問難。時殷切磋。不能稱盡善盡美。若淺見寡聞者。又安能領略其道耶。玠生長東隅。音隨北韻。雖賦性相近。而醯雞處甕。見等測蠡。旣鮮能事相傳。復乏知音晉接。孜孜者數十年。仍是門外漢耳。今春館育棃。遇吳子小岡。徐示以審聲辨韻。尋節傳情之道。無不各盡其妙。津津娓娓。不倦不煩。具見攻苦之功深。益切心欽而永佩。因憶余亦有舊藏靈胎徐公手輯樂府傳聲一帙。出請參證。而吳子喜其論斷剖決。極盡精微。特索而付梓。以公同好。夫徐公之輯著。惠固高深。得吳子之鋟傳。功堪並美。若同志者之受益。又豈敢有忘。是爲敘。

咸豐辛亥夏四月。福山王保玠心池氏拜手。

樂府傳聲

新曲苑第二十二種

清吳江徐大椿撰

源流

樂之變。上古不可考。自唐虞之賡歌擊壤。以降凡朝野間詩謌謠諺。不能盡述。若今日之聲。存而可考者。唯南北曲而已。北曲之始。如金人之董解元西廂記。元之馬致遠岳陽樓之類。南曲之傳。如元人高則誠琵琶記。施君美拜月亭之類。宮調既殊。排場亦異。然當時之唱法。非今日之唱法也。北曲如董之西廂記。僅可入絃索。而不可入簫管。其曲以節奏頓挫勝。詞疾而板促。至王實甫之西廂記。及元人諸雜劇。方可配簫管。近世之所宗者是也。至明之中葉。崑腔盛行。

迄今守之不失。其偶唱北曲一二調。亦改爲崑腔之北曲。非當日之北曲矣。此乃風氣自然之變。不可勉强者也。如必字字句句。皆求同於古人。旣無考究。亦難以傳授。況古人之聲。已不可追。自吾作之。安知不有杜譔不合調之處。卽使自成一家。亦仍非真古調也。故風氣之迭變相仍無害。但不可依樣葫蘆。盡失聲音之本。並失後來改調者之意。則流蕩不知所窮矣。故可變者腔板。口法宮調。斷不可變。苟口法宮調果得其真。雖今樂猶古樂也。蓋天地之元聲。未嘗一日息於天下。記云。禮樂不可斯須去身。人生而有此形。卽有此聲。亦卽有此履中蹈和之具。但無人以發之。則汨沒不能自振。後世之所以治不遵古者。樂先亡也。樂之亡。先王之教失也。我謂欲求樂之本者。先從人聲始。

出聲口訣

天下有有形之聲。有無形之聲。無形之聲。風雷之類是也。其聲不可爲而無定。有形之聲。絲竹管絃之類是也。其聲可爲而有定。其形何等。則其聲亦從而變矣。欲改其聲。先改其形。形改而聲無不改也。人之聲亦然。喉舌齒牙唇。謂之五音。開齊撮合。謂之四呼。欲正五音。而不於喉舌齒牙脣處用力。則其音必不真。欲准四呼。而不習開齊撮合之勢。則其呼必不清。所以欲辨真音。先學口法。口法真則其字無不真矣。譬之簫管。欲吹尺字。必放尺字之眼。欲吹工字。必放工字之眼。若放工而吹尺。雖神聲不能也。所謂其聲可爲而有定者也。今則口法皆不能知。而欲其聲之真。

得乎。又喉舌齒牙唇。雖分五層。然吐聲之法。不僅五也。有喉底之喉。有喉中之喉。有近舌之喉。餘四音亦然。更不僅此也。即喉底之喉。亦有淺深輕重。餘皆然。層層扣住。方爲入細。又開齊撮合之中。有半開。全開。半合。全合之不同。其外又有鼻音。半鼻。抵腭。抵齒等法。其形亦皆有定。總之。呼字真切。則其形自從。形真則字自協。此自然之理。若不知其形而求其聲。則終身不能呼准一字也。

聲各有形

聲之形爲何。大小闊狹。長短尖鈍。粗細圓扁斜正之類是也。如東鍾韻東字聲長。終字聲短。風字聲扁。宮字聲圓。蹤字聲尖。翁字聲鈍。江陽韻江字聲闊。臧字聲狹。堂字聲粗。將字聲細。潛心分別。其形顯然。其口訣大端。雖不外開齊撮合。喉舌齒牙唇。而細分之。則無盡。有張口者。有半張者。有閉口者。有半閉者。有先張後閉者。有先閉後張者。有喉出唇收者。有喉出舌收者。有全喉全舌者。有半喉半舌者。以上諸條。互相出入。不可勝計。其外又有落腮。穿齒。穿牙。覆唇。挺舌。透鼻。過鼻諸法。總在將字識真念准。審其字聲。從口中何處着力。則知此字必如何念法方確。卽知其形於長短闊狹之內居何等矣。雖絲竹雜和。不能奪而亂之。此千古未發之微義也。

四聲各有陰陽

字之分陰陽。從古知之。宋人塡詞極重。只散見於諸家論說。而無全書。惟中原音韻將每韻分出。最爲詳盡。但只平聲有陰陽。而其餘三聲皆不分。不知以三聲本無分平。抑難分平。抑可以不分平。或又以爲去入有陰陽。而上聲獨無陰陽。此更悖理之極者。蓋四聲之陰陽。皆從平聲而起。平聲一出。則四呼皆成。一貫到底。不容勉强。亦不可移易。豈有平聲有陰陽。而上去入三聲無陰陽者。又豈平去入有陰陽。而上聲獨無陰陽者。故急爲拈出。使作曲與唱曲者確然有所執循。而審音不惑。如宗字爲陰。宗總縱足皆陰也。戎字爲陽。戎冗誦族皆陽也。上八字豈可删去一字。亦豈可互易一字。亦豈可宗戎有陰陽而下六字無陰陽。更豈可縱足誦族有陰陽。而總與冗無陰陽。此有耳者之所共察。不必明於度曲者而後知之也。

五音

喉舌齒牙唇。謂之五音。此審字之法也。聲出於喉爲喉。出於舌爲舌。出於齒爲齒。出於牙爲牙。出於唇爲唇。俱詳見等韻切韻等書。最深爲喉音。稍出爲舌音。再出在兩傍牝齒間爲齒音。再出在前牝齒間爲牙音。再出在唇上爲唇音。雖分五層。其實萬殊。五音之淺深各不一。故五音之正聲皆易辨。而交界之間甚難辨。然其界限又復井然。絲毫不可亂。此人之所以爲靈也。能知其分寸之所在。一線不移。然後其音始的而出聲之際。不致眩惑游移。再參之以開齊撮合之法。自然辨析秋毫矣。

四呼

開齊撮合。此讀字之口訣也。開口謂之開。其用力在喉。齊齒謂之齊。其用力在齒。撮口爲之撮。其用力在唇。合口謂之合。其用力在滿口。欲讀此字。必得此字之讀法。則其字音始真。否則終不能合度。然此非喉舌齒牙唇之謂也。蓋喉舌齒牙唇者。字之所從生。開齊撮合者。字之所從出。故五音爲經。四呼爲緯。今人雖能知音之正。而呼之不清者。皆開齊撮合之法不習故也。

喉有中傍上下

喉舌齒牙唇爲五音者。從內至外言之也。其位實有五層。其音雖皆本於喉。而用力之地。則層層各別。此人之所知者也。至喉音中又各有五音。則前人之所未道者。天下之理。有縱必有橫。喉舌齒牙唇。縱也。喉音中之五音。橫也。如高而清之字。則從喉之上面用力。低而濁之字。則從喉之下面用力。斂而扁之字。則從喉之兩傍用力。正而圓之字。則從喉之中間用力。

故出聲之時。欲其字清而高。則將氣提而向喉之上。欲濁而低。則將氣按而著喉之下。欲歛而扁。則將氣從兩傍逼出。欲正而圓。則將氣從正中透出。自然各得其真。不煩用力。而自響且亮矣。此非特喉音之字如此。凡舌齒牙脣之字呼法皆然。但舌齒牙脣雖著力之地各殊。而總不能離乎喉也。故喉舌齒牙脣爲經。上下兩旁正中爲緯。經緯相生。五五二十有五。而出聲之道備矣。

鼻音閉口音

喉舌齒牙脣之外。又有鼻音閉口音。如庚青二韻。乃正鼻音也。東鍾江陽。乃半鼻音也。侵尋監咸廉纖。則閉口音也。正鼻音則全入鼻中。半鼻音則半入鼻中。卽閉口之漸也。閉口之音。自侵尋至廉纖而盡矣。故中原音韻以東鍾起。於廉纖終。終之以閉口者。猶四時之令。窮於冬也。東鍾則春令之始也。立春之時。陽氣初動。故猶稍帶鼻音。有出而未舒之象。自庚青正鼻音之後。即從尤侯之合口喉音。轉入侵尋閉口。亦以漸而收藏。此天地自然之理。編韻之人雖未必有意爲之。而天地元音之終始。其序不可紊也。故能知鼻音閉口音。則曲中之開合呼翕。皆與造化相通。自然清而不噍。放而不濫。有深厚和粹之妙。

北字

凡唱北曲者。其字皆從北聲。方爲合度。若唱南音。即爲別字矣。然北字之異乎南者。十居四五。若必字字從北。則南方之人竟有全不解者。此亦不必盡泥也。蓋當時之北曲。以北人造之。北人唱之。彼自唱彼之曲。自然皆從北讀。若南人唱之。南人聽之。則卽唱南音。似亦無害於理。但以北字改作南音。其聲必不和者何。則當時原以北字配調故也。況南人以土音雜之。只可施之一方。不能通之天下。同此一曲。而一鄉有一鄉之唱法。其弊不勝窮矣。愚有說焉。凡北曲之字。有天下盡通之正音。唱又不失此調之音節者。不必盡從北字也。如崇字本音戎。而北讀爲虫。重本音虫去聲。北讀爲中去聲。事字本時至切。北讀爲世。杜字本音渡。北讀爲妬之類。如此者不一而足。若必盡從北音。則唱者聽者。俱不相洽。反爲無味。譬之南北兩人。相遇談心。各操土音。則兩不相通。必各遵相通之正音。方能理會。此人情之常。何不可通於度曲也。但不可以土音改北音耳。至於北字中人人能曉。或此宮此調必如此方合者。則必不可以南曲之字易之也。

平聲唱法

四聲之中。平聲最長。入聲最短。何以驗之。凡三聲拖長之後。皆似平聲。入則一頓之後。全無入象。故長者平聲之本象也。上去皆可唱長。即入聲派入三聲。皆可唱長。則平聲之長何以別於三聲耶。蓋平聲之音。自然舒緩。周正和靜。若上聲必有挑起之象。去聲必有轉送之象。入聲之派入三聲。則各隨所派成音。故唱平聲其訣尤重在出聲之際。得舒緩周正和靜之法。自與上去逈別。乃爲平聲之正音。則聽者不論高低輕重。一聆而知爲平聲之字矣。

上聲唱法

上聲只在出聲之際分別。方開口時。須稍似平聲。字頭半吐。即向上一挑。方是上聲正位。蓋上聲本從平聲來。故上聲之字頭。必從平聲起。若竟從上聲起。則其字一響已竭。不能引而長之。若聲竭而復拖下。則反似平聲字矣。故唱上聲極難。一吐即挑後。不復落下。雖其聲長衍。微近平聲。而口氣總皆向上。不落平腔。乃爲上聲之正法。雖欲轉腔。而聽者仍知爲上聲。斯得唱上聲之法矣。

去聲唱法

今北曲之最失傳者。其唱去聲若平聲。蓋北曲本無入聲。若併去聲而無之。則只兩聲矣。夫兩聲豈能成調耶。況北曲之所以別於南曲者。全在其聲。南之唱者以揭高爲主。北之唱者不必盡高。惟還其字面。十分透足而已。笛中出一凡字。合曲者唯去聲爲多。如唱凍字則曰凍紅翁。唱問字則曰問恆恩。唱秀字則曰秀喉嘔。長腔如此三腔。短腔則去第三腔。再短則念完本字卽收。總不可先帶平腔。蓋去聲本從上聲轉來。一著平腔。便不能復振。始終如平聲矣。非若上聲之本從平聲轉出。可以先似平聲。轉到上聲也。譬如四時。從春轉夏則可。從春轉秋則不可。此自然之理也。況去聲最爲有力。北音尚勁。去聲直確。則曲聲亦勁而有力。此最大關係也。今之所以唱去似平者何也。自南曲盛行。曲尚柔靡。聲口已慣。不能轉勁。又去聲唱法。頗須用力。不若平讀之可以隨口念過。一則循習使然。一則偷氣就易。又久無審音者爲之整頓。遂使去聲盡亡。北音絕響。良可慨也。

入聲唱法

北曲皆遵中州音韻。其平上去三聲。皆與唐韻及洪武正韻相同。間有異者。百中之一耳。其五音四呼。亦不相遠。若入聲之字皆派入三聲。竟有大相逕庭者何也。蓋三聲多連合一貫。獨至入聲而別。有有三聲而無入聲之字。亦有有入聲而無三聲之字。今北曲無入聲之唱。盡將入聲唱作三聲。而三聲中無此字。則不得不另作一聲矣。如曲字本邱六切。若本音之平聲則邱都切。是有音無字矣。故變而作區。樂字盧各切。若本音之平聲則盧沙切。亦有聲無字矣。故變作澇。其餘如削之爲宵。鶴之爲浩。不一而足。自六經子史皆同。不獨中州音韻爲然也。惟古韻從無此讀法。而五音四呼又不通者。此乃當時之土音。則不妨或從古音。或從今音。不必悉遵其讀也。又其派入三聲。有一定之法。與古音亦稍殊。如鹿字中州韻作去聲讀。音露。古音露亦音盧。出字中州韻作上聲。音杵。古音作平聲則赤知切。作去聲則赤至切。三聲俱有通融之處。蓋入之讀作三聲者。緣古人有韻之文。皆以長言咏嘆出之。其聲一長。則入聲之字自然歸入三聲。此聲音之理。非人所能強也。古人有此讀法。三聲原可通用。則不必盡從中州。如從無此音者。則不可自我亂之。致人難辨。試從古音一一考之。則入聲派入三聲之故可明。而三代以前之歌法。亦可推測而知矣。

入聲派入三聲法

北曲無入聲。將入聲派入三聲。蓋以北人言語本無入聲。所唱曲亦無入聲也。然必派入三聲者何也。北曲之妙。固在於是。蓋入聲本不可唱。唱而引長其聲。卽是平聲。南曲唱入聲。無長腔。出字卽止。其間有引長其聲者。皆平聲也。何也。南曲唱法。以和順爲主。出聲拖腔之後。皆近平聲。不必四聲鑿鑿。故可稍爲假借。惟北曲則平自平。上自上。去自去。字字清真。出聲。過聲。收聲。分毫不可假借。故唱入聲亦必審其字勢。該近何聲。及可讀何聲。派定唱法。出聲之際。歷歷分明。亦如三聲之本音不可移易。然後唱者有所執持。聽者分明辨別。非若南曲之皆似平聲。無相逕庭也。故觀派入三聲之法。則北曲之出字清真。益可徵據。此探微之論也。至派入三聲異同之法。又別有論焉。

歸韻

唱曲能令人字字可辨。不但平上去入四聲准。開齊撮合四呼清而已。四聲四呼。止能於出聲之時。分別字頭。使人明曉。至出字之後。引長其聲。卽屬公共之響。況有絲竹一和。尤易混入。譬比簫管之音。雖極天下之良工。吹得音調明亮者。只能分別工尺。令人一聆而知爲何調。斷不能吹出字面。使聽者知爲何字也。蓋簫管只有工尺。無字面。故人聲之所以貴也。四聲四呼清。則出口之字面已正。而不知歸韻之法。則引長之字面仍與簫管同。故尤以歸韻爲要。歸韻之法如何。如何。如東鍾字則使其聲出喉中。氣從上腭鼻竅中過。令其聲半入鼻中。半出口外。則東鍾歸韻矣。江陽則聲從兩頤出。舌根用力。漸開出口。使其聲朗朗。如扣金器。則江陽歸韻矣。支思則聲從齒縫中出。而收細其喉。徐放其氣。弗令上下齒牙相遠。則支思歸韻矣。能歸韻則雖百轉千轉。而本音始終一線。聽者卽從出字之後。驟聆其音。亦確然知其爲某字也。況字真則義理切實。所談何事何人。悲歡喜怒。神情畢出。若字不真。音調雖和。而動人不易。但人之喉嚨。靈頑不一。靈者則各韻自然能分出各韻之音。頑者一味響亮。不能鑿鑿分別。卽字面不差。而一放則相去甚遠。又有幾韻能分。幾韻不能分。各因其聲之所近以爲優劣。若十九韻中俱能分晰者亦少。此又在乎天分。非力所能強也。

收聲

夫人知出聲之法爲最重。而不知收聲之法爲尤重。蓋出一字而四聲四呼五音無悞。則其字已的確可辨。猶人所易知易能也。惟收聲之法不但審之當極清。尤必守之有力。自出聲之後。其口法一定。則過腔轉腔。音雖數折。而口之形。與聲所從出之氣。分毫不可移動。蓋聲雖同出於喉。而所著力之處。在口中各有地位。字字不同。如開口之喉音。其聲始終從喉著力。其口始終開而不合。閉口之舌音。其聲始終從舌著力。其口始終閉而不開。其餘字字皆然。斯已難矣。至收足之時尤難。蓋聲之方放時。氣足而聲縱。尚可把定。至收末之時。則本字之氣將盡。而他字之音將發。勢必再換口訣。略一放鬆。而咿啞嗚吒之音隨之。不知收入何宮何字矣。故收聲之時。尤必加意扣住。如寫字之法。每筆必有結束。越到結束之處。越有精神。越有頓挫。不但本字清真。即下字之頭。亦得另起峯巒。岔覺分明透露。此古法之所極重。而唱字之所易忽。不得不力爲剖明者也。然亦有二等焉。一當重頓。一當輕勒。重頓者煞字煞句。到此斬然劃斷。此易曉也。輕勒者過文連句。到此委蛇脫卸。此難曉也。蓋重者其聲濁而方。輕者其聲清而圓。其界限之分明則一。能知此。則收聲之法。思過半矣。

交代

凡唱曲以清朗爲主。欲令人之知所唱之爲何曲。必須字字響亮。然有聲卽響亮而人仍不知爲語者何也。此交代不明也。何爲交代。一字之音。必有首腹尾。必首腹尾音已盡。然後再出下一字。則字字清楚。若一字之音未盡。或已盡而未收足。或收足而於交界之處未能劃斷。或劃斷而下字之頭未能矯然。皆爲交代不清。況聲音愈響。則聲盡而音未終。猶之叩百石之鐘。一叩之後。即鳴他器。則鐘聲方震。他器必若無聲。故聲愈響則音愈長。必尾音盡而後起下字。而下字之頭。尤須用力。方能字字清澈。否則反不如聲低者之出口清楚也。凡響亮之喉。宜自省焉。不得恃聲高字真。必謂盡人能曉也。

宮調

古人分立宮調。各有鑿鑿不可移易之處。其淵源不可得而尋。而其大旨猶可按詞而求之者。如黃鐘調唱得富貴纏綿。南呂調唱得感嘆悲傷之類。其聲之變。雖係人之唱法不同。實由此調之平仄陰陽配合成格。適成其富貴纏綿。感嘆悲傷。而詞語事實又與之合。則宮調與唱法俱得矣。故古人填詞。遇富貴纏綿之事則用黃鐘宮。遇感嘆悲傷之事則用南呂宮。此一定之法也。後世塡詞家不明此理。用調不符其事。使唱者從調則與事違。從事則與調違。此作詞者之過也。若詞調相符。而唱者不能尋宮別調。則咎在唱者矣。近來傳奇合法者雖少。而不甚相反者尚多。仍宜依本調如何音節。唱出神理。方不失古人配合宮調之本。否則竟忘其所以然。而宮調爲虛名矣。

陰調陽調

古人所謂陰陽者。乃字之陰陽。非聲之陰陽也。字之陰陽者。如東爲陰同爲陽。二字自有輕重淸濁之分。至人聲之陰陽。則逼緊其喉而作雌聲者謂之陰調。放開其喉而作雄聲者謂之陽調。若遇高字唱陰調。低字唱陽調。此大謬也。夫堂堂男子唱正大雄豪之曲。而逼緊其喉。不但與其人不稱。卽字面斷不能真。
蓋喉間逼緊。則字面皆從喉中出。而舌齒牙唇俱不
能著力。開齊撮合亦大半不能收准。卽使出聲之後。
作意分清。終不若卽從舌齒牙唇之親切分明也。如
生旦曲。不得不逼緊其喉。此則低用陰調者。然陰調
中亦有陰陽之別。非一味逼緊。若陽調中之陰陽。放
開直出者。爲陽中之陽。將喉收細揚高。世之所謂小
堂調者。爲陽中之陰。此則一起一倒。無曲不有。而逼
緊之陰不與焉。今之逼緊喉嚨者。欲唱高調而不能
故用力夾住吊起。不覺犯逼緊之病。一則喉本不佳。
一則不善用喉故也。然逼緊之字亦間有之。高調之
曲連轉幾字幾腔。層層泛起。愈轉愈高則音必愈細。
陽聲已竭。必用喉底之。真氣接之。自然聲出。雖與逼

緊相似。實乃自然而然。非有意爲之。若世俗之所謂陰調也。如近日之所謂時曲清曲者。則字字逼緊。俱從喉中一絲吐出。依然講五音四呼之法。實則五音四呼。毫不著力。以至聽者一字不能分辨。此唱曲之下品。風流掃地矣。

字句不拘之調亦有一定格法

北曲中有不拘字句多少。可以增損之格。如黃鐘之黃鐘尾。仙呂之混江龍。南呂之草池春之類。世之作此調者。遂隨筆寫出。絕無格式。直爲笑談。要知果可隨意長短。何以仍謂之黃鐘尾。而不名爲混江龍。草池春。且何以黃鐘尾不可入仙呂。混江龍不可入南呂。草池春不可入黃鐘耶。此眞不思之甚也。蓋不拘字句者。謂此一調字句不妨多少。原謂在此一調中增減。並不謂可增減在他調也。故一調自有一調章法句法。音節森然。不可移易。不過謂同此句法。而此句不妨加增。同此音節。而此音不妨疊唱耳。然亦只中間發揮之處。因上文之勢趨下。才思洶湧。一瀉難收。依調循聲。鋪敘滿意。既不踰格。又不失調。至若起調之一二句。及收調之一二句。則陰陽平仄。一字不可移易增減。如此則聽者方能確審其爲何調。否則竟爲無調之曲。荒謬極矣。

曲情

唱曲之法。不但宜講聲調。而得曲之情爲尤重。蓋聲調衆曲之所盡同。情乃一曲之所獨異。不但生旦淨丑。口氣各殊。凡忠義奸邪。風流鄙俗。悲歡思慕。事各不同。使詞雖工妙。而唱者不得其情。則邪正不分。悲喜無別。卽聲音絕妙。而與曲詞相背。不但不能動人。反令聽者索然無味矣。然此不僅於口訣中求之也。樂記曰。凡音之感。由人心生也。必唱者先要設身處地。摹倣其人之情性事實。宛若其人之自述其語。然後其形容逼真。使聽者心會神怡。若親對其人。而忘其爲度曲矣。故必先明曲中之意義曲折。則啟口之時。自不求似而自合。若世之止能尋腔依調者。雖極工。亦不過優伶之末技。而不足以語感人動神之微義也。

起調

唱法之最要緊不可忽者。在起調之一字。通首之調。皆此字領之。通首之勢。皆此字蓄之。通首神氣。皆此字貫之。通首喉嚨。皆此字開之。如治絲者。引其端而後能竟其緒。此一字乃端也。有失其端而緒不紊者乎。人但知調從此字爲始。高則入某調。低則入某調。七調從此而定。此語誠然。不知此乃其大端也。其轉變之法。蓋無窮盡焉。有唱高調而此字反宜低出。有唱低調而此字反宜高者。亦有唱高宜高。唱低宜低者。有宜陰起翻陽。陽起翻陰者。亦有先將此字輕輕蓄勢。唱過二三字或六七字方起調者。此字一梗。則全曲皆梗。此字一和。則全曲皆和。故此一字者。造端在此。關鍵在此。其詳審安頓之法。不可不十分加意也。

斷腔

南曲之唱。以連爲主。北曲以斷爲主。不特句斷字斷。卽一字之中。亦有腔斷。且一腔之中。又有幾斷者。惟能斷則精神方顯。此北曲中第一吃緊之處也。而其法亦非一端。有另起之斷。有連上之斷。有一輕一重之斷。有一收一放之斷。有一陰一陽之斷。有一口氣而忽然一斷。有一連幾斷。有斷而換聲吐字。有斷而寂然頓住。以上諸法。南曲亦間有之。然不若北曲之多。禮記所云曲必折。止如槁木。正此之謂也。近時南曲盛行。不但字法皆南。即有斷法。亦是南曲之斷。與北曲迥別。蓋南曲之斷。乃連中之斷。不以斷爲重。北曲未嘗不連。乃斷中之連。愈斷則愈連。一應精神皆在斷中頓出。能知斷法之精微。則北曲之神理。思過半矣。然斷與頓挫不同。頓挫者曲中之起倒節奏。斷者聲音之轉折機關也。

頓挫

唱曲之妙。全在頓挫。必一唱而神形畢出。隔垣聽之。其人之裝束形容聲色氣象。及舉止瞻顧。宛然如見。方是曲之盡境。此其訣全在頓挫。頓挫得款。則其中之神理自出。如喜悅之處。一頓挫而和樂生。傷感之處。一頓挫而悲恨出。風月之場。一頓挫而艷情現。威武之人。一頓挫而英氣透。此曲理之所最重者也。況一人之聲。連唱數字。雖氣足者亦不能接續。頓挫之時正唱者因以歇氣取氣。於唱曲之聲。大有裨益。今人不通文理。不知此曲該於何處頓挫。又一調相傳。守而不變。少加頓挫。卽不合板眼。所以一味直呼。全無節奏。不特曲情盡失。且令唱者氣竭。此文理之所以不可無也。要知曲文斷落之處。文理必當如此者。板眼不妨略爲伸縮。是又在明於宮調者爲之增損也。

輕重

聲之高低與輕重。全然不同。今則悞以輕重爲高低。所以唱高字則用力高呼。唱低字則隨口帶過。此大謬也。高低之法。詳於高腔輕過篇。今先明輕重之法。輕者鬆放其喉。聲在喉之上一面。吐字清圓飄逸之謂。重者按捺其喉。聲在喉之下一面。吐字平實沈著之謂。凡從容喜悅及俊雅之人。語宜用輕。急迫惱怒及粗猛之人。語宜用重。又有一句之中。某字當輕。某字當重。亦有一調之中。某句當輕。某句當重。總不一定。但輕重又非響不響之謂也。有輕而不響者。有輕而反響者。有重而響者。有重而反不響者。蓋高低者調也。輕重者氣也。響不響者聲也。似同而實異。細別之自顯然。但不明言之。則習而不察耳。

徐疾

曲之徐疾。亦有一定之節。始唱少緩。後唱少促。此章法之徐疾也。閒事宜緩。急事宜促。此時勢之徐疾也。摹情玩景宜緩。辨駁趨走宜促。此情理之徐疾也。然徐必有節。神氣一貫。疾亦有度。字句分明。倘徐而散漫無收。疾而糊塗一片。皆大謬也。然太徐之害猶小。太疾之害甚大。使隨口亂道。字句不明。並唱字之義全失之矣。必須字字分明。皎皎落落。無一字輕過。內中遇緊要眼目。又必跌宕而出之。聽者審之。字句甚短。而音節反覺甚長。方爲合度。非此則寧徐勿疾也。

重音疊字

重音者。二字之音相近。如逢蒙希夷之類。聽者易疑爲兩字相同是也。疊字者。如飄飄隱隱之類。聽者易疑爲一字兩腔是也。此等最宜留意。凡唱重音之字。則必將字頭著意分別。如陰陽輕重四呼五音。必有不同之處。則清字面。則聽者鑿鑿。知爲兩音矣。唱疊字之音。則必界限分明。念完上字之音。鈎清頓住。然後另起字頭。又必與前字略分異同。或一輕一重。一高一低。一徐一疾之類。譬之作書之法。一帖之中。其字數見。無相同者。則聽者確知爲兩字矣。此等雖係曲中之末節。而口訣之妙。反於此見。長若工夫不到。至此亦無把握也。

高腔輕過

腔之高低。不在聲之響不響也。蓋所謂高者。音高。非聲高也。音與聲大不相同。用力呼字。使人遠聞。謂之聲高。揭起字聲。使之向上。謂之音高。卽如同是一曲。唱上字尺字調則聲輕。用力而音總低。唱正調乙字調。則聲雖不用力。而音總高。此在喉中之氣。向上向下之別耳。凡高音之響。必狹必細。必銳必深。低音之響。必粗必鈍。必闊必淺。如此字要高唱。不必用力儘呼。惟將此字做得狹細銳深。則音自高矣。今人不悟此意。凡遇高腔。往往將狹細銳深之法。變成陰調。此又似是而非也。蓋陽調有陽調之高低。陰調有陰調之高低。若改陽爲陰謂之高。則陰之當高又何改耶。惟能知唱高音之法。則下等之喉可進於中等。中等可進於上等。凡遇當揭高之字。照上法。將氣提起透出。吹者順從。聽者明晳。唱者又全不費力。是則人人可唱高音之曲。各如其人之分量。而無脫調之患矣。

否則高調之曲。祇宜於極響之喉。而喉之稍次者。只宜於低調。是調以人分。而一人之聲只可限以一調。此皆不知高腔輕過之法也。

低腔重煞

低腔與輕腔不同。輕腔者。將字音微逗其聲。必清細柔媚。與重字反對。若低腔則與高字反對。聲雖不必響亮。而字面更須沈着。凡情深氣盛之曲。低腔反最多。能寫沈鬱不舒之情。故低腔宜緩重沈頓。與輕腔絕不相同。今之唱低腔。反以爲偷氣之地。隨口念過。遂使神情渙漫。語氣不續。不知曲之神理。全在低腔也。

一字高低不一

字之配入工尺。高低本無一定。如世所謂儀禮通傳樂譜。鹿鳴之我有嘉賓首章。則我爲蕤。有爲林。嘉爲應。賓爲南。次章則我爲林。有爲南。嘉爲應。賓爲黃。諸律旋用。則高低互易。從古如此。所以天下有不入調之曲。而無不可唱之曲。曲之不入調者。字句不準。陰陽不分。平仄失調是也。無不可唱者。遷高就低。遷低就高。平聲仄讀。仄聲平讀。凡不成調不合調之曲。皆可被入管絃矣。然必字字讀眞。而能不失宮調。諧和絲竹。方爲合度之曲耳。故曲之工不工。唱者居其半。而作曲者居其半也。曲盡合調。而唱者違之。其咎在唱者。曲不合調。則使唱者依調則非其字。依字則非其調。勢必改讀字音。遷就其音以合調。則調雖是而字面不眞。曲之不工。作曲者不能辭其責也。故字聲之高下。可以通融者。如鹿鳴所譜之類。原可以出入轉移。其不可通融之處。則斷不得用此一字而離宮失調。亦不得因欲合調而出韻乖聲。故作曲者與唱曲者。不可不相謀也。

出音必純

凡出字之後。必始終一音。雖腔板數轉。聽者仍知是此一字。不但五音四呼不可移易。並不可忽陰忽陽。忽重忽輕。忽高忽低。忽清忽濁。方爲純粹。凡犯此病者。或因沙澀之喉。不能一線到底。或因隨口轉換。漫不經心。以致一字之頭腹尾。往往互異。不但聽者不清。即絲竹亦難和合。故必須平日先將喉嚨洗剔清亮。使聲出一線。則隨其字之清濁高下。可不至一字數聲矣。

句韻當清

牌調之別。全在字句及限韻。某調當幾句。某句當幾字。及當韻不當韻。調之分別。全在於此。唱者遵此不失。自然事理明曉。神情畢出。宮調井然。今乃只顧腔板。句韻蕩然。當連不連。當斷不斷。遇何調則依工尺高低。唱完而止。則舌之分別幾句。幾字。幾韻。全然可以不必也。蓋言語不斷。卽室人不解其情。文章無句。雖同人不解其義。況度曲耶。如琵琶辭朝折啄木兒。事君事親一般道。人生怎全得忠和孝。却不道母死王陵歸漢朝。近時唱道字拖腔連下。人字孝字急疾。並接却字。是句韻皆失矣。如此者十之四五。試令今之登場者。依崑腔之唱法。聽者能辨其幾句幾韻。百不得一也。句韻之法。不幾盡喪耶。唯北曲尚有句可尋。有韻可辨。然亦不能收清收足。此亦漸染於崑腔所致。豈腔之始。原不至如此。而流弊不可不亟挽也。餘見頓挫斷腔諸篇。

定板

板之設。所以接字句。排腔調。齊人聲也。南曲之板。分毫不可假借。唯北曲之板。竟有不相同者。蓋南曲唯引子無板。餘皆有板。北曲則祇有底板。無實板之曲極多。又南曲之字句。無一調無定格。北曲則不拘字句之調極多。南曲襯字極少。少則一字幾腔。板在何字何腔。千首一律。北曲則襯字極多。板必有不能承接之處。中間不能不增出一板。此南曲之所以有定。北曲之所以無定也。然無定之中。又有一定者。蓋板殊則腔殊。腔殊則調殊。板一失則宮調將不可考矣。故唯過文轉折之處。板可略爲增損。所以便歌也。至緊要之處。板不可少有移易。所以存調也。此北曲之板雖寬。而實未嘗不嚴也。

底板唱法

南曲唯引子用底板。餘皆有定板。北曲則底板甚多。何也。蓋南曲之板以節字。不以節句。北曲之板以節句。不以節字。節字則板必緊。節句則一句一板足矣。惟著議論描寫及轉折頓挫之曲。亦用實板節字。然亦不若南曲之密。凡唱底板之曲。必音節悠長。聲調宏放。氣緩詞舒。方稱合度。又必於轉折出落之間。自生頓挫。無節之中。處處皆節。無板之處。勝於有板。如鶴鳴九皋。干雲直上。又如天際風箏。宮商自協。方爲能品。此可意會。非可言傳也。

牌調各有定譜

凡曲七調。自有定格。如某牌名係某宮。則應用某調方爲合度。若不按成譜。任意妄擬。則高低自不叶調。卽如商調之山坡羊。自應歸凡調。南呂之懶畫眉。自應唱六字調。若高一調吹之。不但唱者吃力。徒然揭斷噪子。且不中聽曲情節奏。全然沒有。低一調吹之。雄壯激烈之曲。勢必萎靡沈鬱。寂靜之音。愈覺幽晦。識者掩口失笑矣。

辨四音訣

平聲平道莫低昂。　上聲高呼猛力强。
去聲分明直遠送。　入聲短促急收藏。

辨五音訣

欲知宮。舌居中。（中喉音、）欲知商。口開張。（齒頭正齒音、）欲知角。舌縮却。（牙音、）欲知徵。舌柱齒。（舌頭舌上音、）欲知羽。撮口取。（唇重

脣輕、

辨聲音要訣

切韻先須辨四聲。五音六律並五行。難呼語氣皆名濁。易紐言詞盡屬清。脣上碧班邠豹卜。舌頭當滴迭都丁。撮脣呼虎烏塢汙。捲舌伊幽乙意英。閉口披頗潘坡拍。齊齒之音實始成。正齒正征真志只。穿牙查摘塞箏笙。脣齒分敷方奉復。鼻脣工共故官肱。引喉勾狗鷗喉厄。隨鼻蒿毫好赫亨。上腭囂妖高矯轎。平牙臻節怎說生。縱脣休朽求鳩九。送氣查拏詫宅棖。含口甘含鹹檻呷。口開何可我歌羹。大抵宮商角徵羽。應須紐算最爲清。要知叶韻須遵母。務必經心講究明。

樂府傳聲終

雨村劇話卷上

清緜州李調元撰

戲劇二字入詩

唐杜牧西江懷古詩。魏帝縫囊眞戲劇。劇卽戲也。戲劇二字入詩始見此。

傳奇二字考

后山詩話。范文正岳陽樓記用對語說時景。世以爲奇。尹師魯讀之曰。此傳奇體耳。傳奇。唐裴鉶所著小說也。胡應麟云。唐所謂傳奇自是書名。雖事藻繢而氣體俳弱。然其中絕無歌曲。若今所謂戲劇者。何得以爲始於唐時。或以其中事跡相類。後人取爲戲劇張本。因展轉爲此稱耳。

元人工劇之徵

楊維楨鐵崖集有詩云。昨夜阿鴻新進劇。黃金小帶荔枝裝。元人工劇。此一徵也。

今之戲本近于古樂者

王陽明傳習錄。古樂不作久矣。今之戲本尚有古樂意思相近。韶之九成。便是舜一本戲学。九變便是武王一本戲学。所以有德者聞之。知其盡善盡美。後世作樂。只是做詞調。于風化絕無干涉。何以返朴也。此論最爲得旨。学古文子字。

裝旦之始

胡應麟莊岳委談。優伶戲文自優孟抵掌孫叔敖。及漢宦者傅脂粉侍中郎。實後世裝旦之漸。樂府雜錄。開元中。黃幡綽張野狐善弄參軍。卽後世副淨矣。又范傳康。上官唐卿。呂敬遷。三人弄假婦人。卽裝旦矣。至後唐莊宗自敷粉墨稱李天下。而盛其搬演。大率與近世同。特所演多是雜劇。非近日戲文也。雜劇自唐宋金元迄明皆有之。唐所謂優伶雜劇裝服套數。觀書中郎踏搖娘娘事可見宋雜劇亦然。元世曲調大興。凡諸雜劇。皆名曲寓焉。教坊名妓多習之。清歌妙舞。悉隸是中。一變而贍縟。遂爲戲文。西廂。戲文之祖也。西廂雖出金董解元。然猶絃唱小說之類。至元王關所撰。乃可登場搬演。高氏又一變而爲南曲。嗣是作者迭興。古昔所謂雜劇院本幾于盡廢。沈德符顧曲雜言。元曲總只四折。自北有西廂。南有拜月。雜劇變爲戲文。以致琵琶遂演爲四十餘折。幾十倍于雜劇矣。涵虛論元雜劇有十二科。一曰神仙道化。二曰隱居樂道。三曰被袍秉笏。四曰忠臣烈士。五曰孝義廉節。六曰斥奸罵讒。七曰逐臣孤子。八曰撥刀捍棒。卽脫膊雜劇。九曰風花雪月。十曰離合悲歡。十一曰烟花粉黛。卽花旦雜劇。十二曰神頭鬼面。卽神佛雜劇。其科猶可考也。

祝允明猥談。南戲出于宣和之後。南渡之際謂之温州雜劇。予見舊牒。有趙閎榜禁。頗著名目。如趙貞女蔡二郎等。亦不甚多。以後日增。今遂遍滿四方。輾轉改益。蓋已略無音律腔調。愚人蠢工。徇意更變。妄名如餘姚腔。海鹽腔。弋陽腔。崑山腔之類。趁逐悠揚。杜撰百端。真胡說耳。

葉子奇草木子。戲文始于王魁。永嘉人作之。識者曰。若見永嘉人作相。宋當亡。及宋將亡。乃永嘉陳宜中作相。其後元朝南戲尚盛行。及將亂。北院本特盛。南戲遂絕。莊岳委談。今王魁本不傳。而傳琵琶。琵琶亦永嘉人作。遂爲今南曲首。然葉當國初著書。而云南戲絕。豈琵琶尚未行世耶。按南戲肇始。實在北戲之先。而王魁不傳。胡氏。王實甫關漢卿西廂爲戲文祖耳。今戲曲合用南北腔調。又始于杭人沈和甫。見鍾氏點鬼簿。

合用南北腔之始

雲麓漫鈔。金源官制有文班武班。若醫卜倡優謂之雜班。每宴集。伶人進曰。雜班上。按此優伶呼班之始。

優伶呼班之始

武林舊事載宋雜劇。每一甲有八人者。有五人者。甲猶班也。五人蓋院本之製。八人爲班。明湯顯祖撰牡丹亭猶然。多至十人。乃近時所增益。

齣字考

青藤山人路史。高則誠琵琶有第一齣第二齣。考諸韻書。並無此字。必齝之誤也。牛食吞而復吐曰齝。似優人入而復出也。按齝音笞。又音師。無讀作折音者。豈其字形既誤。而音讀亦因之誤耶。

脚色考

莊岳委談。今優伶輩大率八人爲朋。生旦淨末副亦如之。元院本無所謂生旦者。雜劇旦有數色。謂裝旦。

即今正旦也。小旦。即今副旦也。或以墨點其面謂之花旦。今惟淨丑爲之。段安節樂府雜錄稱范傳康等弄假婦人。則唐未有旦名。宋雜劇名惟武林舊事足徵。每甲八人者。有戲頭。有引戲。有次淨。有副末。有裝旦。五人者第有前四色。而無裝旦。蓋旦之色目。宋已有之而未盛。元雜劇多用妓樂。名妓如李嬌兒爲溫柔旦。張奔爲風流旦。時旦色直以婦人爲之也。以今憶之。宋之所謂戲頭。即生也。引戲即末也。副末即外也。次淨即丑。裝旦即旦。而元雜劇之末。乃今戲中之生。即宋所謂戲頭也。鄭德輝倩女。關漢卿竇娥。皆以末爲生。今西廂以張珙爲生。當是國初所改。又傳奇以戲爲稱。其名欲顛倒而無實也。故曲欲熟而命以生也。婦宜夜而命以日也。開場始事而命以末也。塗汚不潔而命以淨也。猥談。生淨旦末等名。有謂反稱。又或托之唐莊宗。皆謬也。此本金元闤闠談吐。所謂鶻伶聲嗽。今云市語者也。生即男子。旦曰裝旦色。淨曰淨兒。末乃末泥。孤乃官人。即其土音。何義理之有。太和譜曾略言之。堅瓠集。樂記注謂優俳雜戲如獼猴之狀。乃知生狌也。旦狚也。莊子援猵狚以爲雌。淨猙也。廣韻似豹一角五尾。丑狃也。廣韻。犬性驕。謂俳優如獸。所謂獶雜子女也。丹邱云。雜劇有正末。副末。狚。狐。靚。鴇。猱。捷譏。引戲。九色之名。正末者當場男子能指事者也。俗謂之末泥。副末執磕瓜以扑靚。即昔所謂蒼鶻是也。當場之妓曰狚。狚。獶之雌者。其性好淫。今俗訛爲旦。狐。當場粧官者是也。今俗訛爲孤。靚。敷粉墨。獻笑供諂者也。粉白黛綠。古稱靚粧。故謂之粧靚色。今俗訛爲淨。妓女之老者曰鴇。似鴈而大。無後趾。虎文。喜淫而無厭。諸鳥求之卽就。俗呼獨豹者是也。凡妓女總稱曰猱。猱亦獸屬。喜食虎肝腦。虎見而愛之。輒負背。猱乃取蝨遺虎首。卽死。取其肝腦食焉。以喻少年愛色者。亦如遇猱然。不致喪身不止也。捷譏古謂之滑稽。雜劇中取其便捷譏誚。故云引戲。卽院本中之狚也。

菊坡叢話。北曲中有全賓全白。兩人對說曰賓。一人自說曰白。西河詞話。元曲唱者祇一人。若他雜色人第有白而無唱。謂之賓白。賓與主對。以說白在賓。而唱者自有主也。按曲白不欲多。惟雜劇以四折寫傳奇故事。其白有累千言者。觀西廂二十一折。則白少可見。

打諢考

遼史伶官傳。打諢的不是黃幡綽。道山清話。劉貢父言。每見介甫字說。便待打諢。古今詩話。山谷云。作詩如雜劇。臨了須打諢。方是出場。石林詩話。東坡繫滿割愁之語。大是險諢。何可屢打。按唐書元結傳。諧官顐臣怡愉天顏。李栖筠傳。賜百官宴曲江。教坊倡顐雜侍。呂氏童蒙訓云。顐卽諢字。李肇國史補云。顐語始自賀蘭廣鄭涉。

砌末考

元雜劇凡出場所應有持設零雜。統謂砌末。如東堂老桃花女以銀子爲砌末。兩世姻緣以鏡畫爲砌末。灰闌記以衣服爲砌末。楊氏勸夫以狗爲砌末。渡柳翠以月爲砌末。今都下戲園猶有鬧砌末語。

鬼門道考

丹邱曲論云。构肆中戲房出入之所。謂之鬼門道。言其所扮者皆已往等人。故云鬼道。愚俗無知。以置鼓于門。改爲鼓門。後訛鼓而爲古。皆非也。蘇東坡詩。搬演古人事。出入鬼門道。

陶九成輟耕錄。唐有傳奇。宋有戲曲。唱諢詞說。金有院本雜劇諸宮調。院本雜劇。其實一也。國朝院本雜劇。始離而二之。院本則五人。一曰副淨。古謂之參軍。一曰副末。古謂之蒼鶻。鶻能擊鳥。末可打副淨。古云。一曰引戲。一曰末泥。一曰孤裝。又謂之五花爨弄。或曰。宋徽宗見爨國來朝。衣裝鞋履。巾裹傅粉墨。舉動如此。使優人效之以爲戲。又有燄段。亦院本之意。但差簡耳。取其如火燄易明而易滅也。其間副淨有散說。有道念。有筋斗。有科汎。教坊色長魏武劉三人鼎新編輯。魏長于念誦。武長于筋斗。劉長于科汎。至今樂人皆宗之。偶得院本名目。用載于此。以資博識者之一覽。其名目有和曲院本。如月明法曲等十四目。上皇院本。如壺春堂等十四目。題目院本。如柳絮風等二十目。霸王院本。如悲怨霸王等六目。諸雜大小院本。如喬記孤等二百零八目。諸雜院爨。如鬧夾捧六么等一百零二目。衝撞引首。如打三十等一百零七目。拴搐豔段。如襄陽會等九十四目。打略拴搐。如星象名等二十八目。官職名。如說駕頭等四目。飛禽名。如青鴉等四目。花名。如石竹子等三目。喫食名。如廚難偌等二目。佛名。如成佛佛板等二目。難字兒。如盤驢等四目。酒下拴。如數酒等二目。唱尾聲。如孟姜女等四目。猜謎。如杜大伯等二目。和尚家門。如禿醜僧等四目。先生家門。如入口鬼等四目。秀才家門。如大口賦等十目。列良家門。如說卦彖等六目。禾下家門。

如萬民快等四目。大夫家門。如三十六風等八目。卒子家門。如針兒線等四目。良頭家門。如方頭賦等二目。邦老家門。如脚語等二目。都子家門。如後人收等三目。孤下家門。如朕聞上古等三目。司吏家門。如罷筆賦等二目。仵作行家門。如一片生活一目。撅俫家門。如受胎成氣一目。諸雜砌。如撲石江等二十九目。以上今樂人皆不知其名。九成元人所紀皆元曲套數。博雅者所當考也。

元人劇本見于百種曲僅十分之一。考陶宗儀輟耕錄所載。陸顯之。李取進。于伯淵。丘伯川。康進之。王廷秀。石子章。趙子祥。范子安。李好古。曾瑞卿。狄君厚。張壽卿。孔文卿十四人。共三十五本。及涵虛子編元羣英。馬致遠。王實甫。關漢卿。白仁甫。喬孟符。費唐臣。宮大用。尚仲賢。庾吉甫。高文秀。鄭德輝。李文蔚。侯正卿。史九敬。孟漢卿。戴善夫。張時起。李寬甫。彭伯城。趙公輔。李行道。趙君祥。費君祥。紀君祥。趙天錫。梁進之。汪澤民。楊顯之。陳定甫。李壽卿。王伯成。孫仲立。韓明遠。劉唐卿。李子中。武漢臣。王仲文。姚守中。李直夫。吳昌齡。石君寶。金志甫。陳存甫。睢景臣。周仲彬。沈和甫。鮑吉甫。趙文寶。孫子羽。秦簡夫。張鳴善。鄭廷玉。范玉壺。何丹邱。王子一。劉東生。谷子敬。湯舜民。楊景言。賈仲名。楊文奎。羅貫中。李致遠。楊景賢。張國瑤。顧仲卿。無名氏。以上六十七人。共五百四十九本。又娼夫不入羣英。如趙明鏡。張酷貧。紅字李。花李郎。四人。共十一本。以上劇本半皆失傳。可知此外所佚多矣。中如馬致遠。李致遠。關漢卿。孟漢卿。趙君祥。紀君祥。費君祥。

陸顯之。楊顯之。張壽卿。名多相同。必有訛舛。而一曲或兩人撰。如世所傳韓文公雪擁藍關記。太和正音譜紀君祥有韓退之記。趙明遠又有韓湘子。各劇中昇仙會記。究不知何人所撰。蓋元曲已失。可唱者尚流傳人間爾。

娼夫所作戲本

趙松雪子昂云。院本中有娼夫詞。名曰綠巾。雖有絕佳者。不得並稱樂府。如黃幡綽。鏡新磨。雷海青。皆古名娼。止以樂名呼之。亘世無字。今趙明鏡訛傳趙文敬。張酷貧訛傳張國賓。皆非也。又云。良家子弟所扮雜劇。謂之行家生活。倡優所扮。謂之戾家把戲。蓋以雜劇出于鴻儒碩士所作。皆良家也。彼娼優豈能辦此。故關漢卿以為不過供笑獻勤。以奉我輩耳。子弟所扮。是我一家風月。雖復戲言。甚合于理。按倡夫自

達達樂器
曲牌名

春秋之世有之。蓋異類托姓者。今流傳趙明敬有啞觀音。錯立身。武王伐紂。三本。張酷貧有汗衫記。高祖還鄉。薛仁貴衣錦還鄉。三本。紅字李二有板杏兒病楊雄。武松打虎。三本。花李郎有釘一釘。相府院。二本。多不傳。獨薛仁貴武松二曲尚屬原撰。不可廢也。

輟耕錄達達樂器。如箏。纂琵琶。胡琴。渾不似之類。所彈之曲。與漢人曲調不同。其大曲牌名有十五調。一哈八兒圖。二口溫。三也葛倘兀。四畏兀兒。五閃古里。六起土苦里。七跋四土魯海。八舍舍弼。九搖落四。十蒙古搖落四。十一悶彈搖落四。十二阿耶兒虎。十三桑哥兒苦不丁。江南謂之孔雀雙手彈。十四答罕。謂之白翎雀雙手彈。十五苦之把天。品絃。其小曲牌名有十七調。一阿廝闌扯弼。四盞曲雙手彈 二阿桑捺。花紅 三哈兒火失哈赤。黑雀兒叫 四洞洞伯。五曲律買。六者歸。七牝疇兀兒。八把擔葛失。九削浪沙。十馬哈。十一相公。十二仙鶴。十三阿丁水花。十四回回曲。十五伉里。十六馬黑某當當。十七清泉當當。凡此皆達達所彈曲調也。不可解者半皆番語。

論院本

劉念臺人譜類記。今之院本。卽古之樂章。每演戲時。見有孝子悌弟忠臣義士。雖婦人牧豎。往往涕泗橫流。此其動人最切。較之老生擁臯比。講經義。老僧登上座。說佛法。功効百倍。近時所撰院本。多是男女私媟之事。深可痛恨。而世人喜爲搬演。聚父子兄弟。並幃其婦人而觀之。稍不自制。便入禽獸之門。可不深戒。

崑腔之創始

沈寵綏度曲須知。北化爲南。凡腔俱起于洪武。而兼祖中州。一時有海鹽腔。義烏腔。弋陽腔。青陽腔。四平

海鹽腔考

腔。樂平腔。太平腔之殊。雖口法不等。而北曲消亡矣。嘉隆間。有豫章魏良輔者。流寓婁東鹿城之間。生而審音。憤南曲訛陋。別開堂奧。調用水磨。拍捱冷板。聲則平上去入婉協。字則頭腹尾音畢勻。啟口輕圓。收音純細。所度曲皆折梅逢使。昨夜春歸諸名筆。採于傳奇則有拜星月。花影夜靜等詞。氣無煙火。別有腔板。絕非戲場聲口。名曰崑腔。自有良輔。而曲詞已極抽秘逞妍。後世依爲鼻祖。洵曲聖也。據此。則崑腔者實魏良輔一人所創也。

樂郊私語。海鹽少年多善歌。蓋出于澉浦楊氏。其先人康惠公梓。與貫雲石交。善得其樂府之傳。今雜劇中豫讓吞炭。霍光鬼諫。敬德不伏老。皆康惠自製家僅千指。皆善南北歌調。海鹽遂以擅歌名浙西。今俗所謂海鹽腔者。實法于貫酸齋。源流遠矣。
弋腔始弋陽。即今高腔。所唱皆南曲。又謂秧腔。秧即弋之轉聲。京謂京腔。粵俗謂之高腔。楚蜀之間謂之清戲。向無曲譜。秖沿土俗。以一人唱而衆和之。亦有緊板慢板。王正祥謂板皆有腔。作十二律京腔譜十六卷。又有宗北歸音四卷以正之。謂高腔即樂記一唱三嘆有遺風之意也。凡曲藉乎絲竹者曰歌。一人發其聲曰唱。衆人成其聲曰和。其聲聯絡而雜于唱和之間者曰嘆。俗謂接腔嘆。即今滾白也。曲本混淆。罕有定譜。所以後學憒憒不知。整曲犯調者有之。予故定爲十二律以爲唱法。亦竊擬正樂之各得其所云。皆立論甚新。幾欲家諭而戶曉。然欲以一人一方之腔。使天下皆欲倚聲而和之。亦不得之數也。

秦腔考

俗傳錢氏綴白裘外集有秦腔。始于陝西。以梆爲板。月琴應之。亦有緊慢。俗呼梆子腔。蜀謂之亂彈。金陵許苞承云事不皆有徵。人不盡可考。有時以鄙俚俗情。入當場科白。一上氍毹。即堪捧腹。此殆如冬烘相對。正襟捉肘。正爾昏昏思睡。忽得一詼諧訕笑之人。爲我羯鼓解穢。快當何如。此外集所不容已也。其論亦確。按詩有正風變風。史有正史霸史。吾以爲曲之有弋陽梆子。卽曲中之變曲霸曲也。又有吹腔。與秦腔相等。亦無節湊。但不用梆而和以笛爲異耳。此調蜀中甚行。

胡琴腔考

胡琴腔起于江右。今世盡傳其音。專以胡琴爲節湊。淫冶妖邪。如怨如訴。蓋聲之最淫者。又名二簧腔。

女兒腔考

女兒腔。亦名絃索腔。俗名河南調。音似弋腔。而尾聲不用人和。以絃索和之。其聲悠然以長。

大曲小曲考

文選長笛賦。聽簉弄者遙思于古昔。注云。簉弄蓋小曲。按漢樂府滿歌行等篇謂之大曲。小曲當對大曲言之。非若今之小曲也。

西曲考

南史徐勉傳。武帝擇後宮吳聲西曲女妓各一部賚勉。通典。梁有吳安泰。善歌。後爲樂令。初改西曲。以別江南上雲樂。樂府詩集西曲歌出于荆郢樊鄧之間。因其方俗。謂之西曲。按今以山陝所唱小曲曰西曲。與古絕殊。然亦因其方俗言之。

今劇之荒誕者

今演劇多演神仙鬼怪。以眩人目。然其名多荒誕。張果曰張果老。及劉海蟾曰劉海戲蟾。此類甚多。備見神仙傳。及雲笈七籤。此不足論。取其略有依據者別爲後卷。

雨村劇話卷上終

雨村劇話卷下

清綿州李調元撰

太公封神傳

太公封神傳劇。按唐書禮儀志。武王伐紂。雪深丈餘。五車二馬。行無轍跡。詣營求謁。武王怪而問焉。太公曰。此必五方之神來受事耳。遂以名召入。各以其職命焉。太公金匱。亦詳其事。此封神所由來。

八義記

考程嬰屠岸賈事。始見說苑復恩篇。公孫杵臼別見新序節士篇。左傳無一字及之。今八義劇所演鉏麑提彌明靈輒三事。乃詳宣二年傳中。而晉因韓厥之言。以立趙武。則在成公四年傳。

浣紗記

西施浣紗記劇。按羅點聞見錄。世傳西施隨范蠡去。不見所出。因杜牧西子下姑蘇。一舸逐鴟夷而附會

凍蘇秦

蝴蝶夢

牧羊記

救青

也。休文御覽引吳越春秋逸篇云。吳亡後西子江令隨鴟夷。杜牧乃有此句。考越絕書。越王句踐得採薪二女。西施鄭旦。以獻吳王。實未言浣紗也。

元人凍蘇秦劇及金印記。兄弟五人代厲秦辟鵠。秦行第三。故云季子。俗乃謂行二。與史傳注文不合。

蝴蝶夢劇。見莊子齊物論。其鼓盆髑髏二事見至樂篇。

蘇武牧羊記劇。見漢書蘇建傳。特常惠紿辭。非實爲也。其餘若嚙雪咽氈。臥起操節。皆實事。

救青劇事見漢書衛青傳。青姊子夫得入宮有身。長公主聞而妬之。使人捕青欲殺之。其友騎郎公孫敖與壯士往篡之。故得不死。敖義渠人。後封合騎侯。按今院本演此事。謂敖爲鐵力奴。未詳所自。

庚吉甫買臣負薪劇。見漢書。今俗傳此事大略相符。而言買臣既貴。妻再拜馬前求合。買臣取盆水覆地。示其不能更收之意。妻遂抱恨死。此則太公望事。詞曲家所撮合也。

張時起昭君出塞。馬致遠漢宮秋劇。見韓子蒼昭君圖序。漢時呼韓邪來朝。言願壻漢氏。元帝以後宮良家子王昭君字嬙者配之。生二子。株累立。復妻之。生二女。至范書始言入宮。久不見御。因掖庭令請行單于。臨辭大會。昭君豐容靚飾。竦動左右。帝驚悔。欲復留而重大信。班書皆不合。西京雜記又言。元帝使畫工圖宮人。昭君獨不行賂。乃惡圖之。既行。遂按誅毛延壽。琴操又言。本齊國王嬙女。年十七進之。帝以地遠不幸。及欲賜單于美人。嬙對使者越席請往。後不願妻其子。吞藥而卒。蓋其事雜出無所考正。至元人琵琶劇。石崇王明君辭序云。昔公主嫁烏孫。令琵琶馬上作樂。以慰其道路之思。其送昭君。亦必爾也。石崇既有此言。後人遂以實之。昭君。誤矣。

漁家樂

漁家樂劇。馬融女馬瑤草事。按漢書融女有三。長女不可考。其一字倫。爲袁隗妻。一女名芝。女有才義。少喪親。長而追感。作申情賦。今劇場所演。云馬瑤草者。未知何屬。袁氏世爲三公。隗少歷顯官。富奢特甚。馬氏裝遣亦極珍麗。與劇場簡生事適相反。其子久稽良匹。或不爲融所受乎。然瑤草字與芝義合。疑所指爲之。

琵琶記

高則誠琵琶記見青溪暇筆。元末永嘉高明字則誠。避世鄞之櫟社。以詞曲自娛。見陸放翁有死後是非誰管得。滿村聽唱蔡中郎之句。因編琵琶記。用雪伯喈之耻。國朝遣使徵解不就。既卒。有以其記進者。上覽畢曰。五經四書在民間如五穀。不可缺。此記如珍羞百味。富貴家其可無耶。其見推許如此。留青札記時有王四者。能詞曲。高則誠與之友善。勸之仕。登第後。即棄其妻。而贅于太師不花家。則誠恨之。因借此記以諷。名琵琶者。取其四王字。爲王四云耳。元人呼牛爲不花。故謂之牛太師。而伯喈曾附董卓。乃以之托名也。高皇微時。嘗賞此戲。及登極。捕王四。置之極刑。據說郛載唐人小說云。牛相國僧孺之子繁與蔡生文字交。尋同舉進士。才蔡生。欲以女弟飾之。蔡已有妻趙矣。力辭不得。後牛氏與趙處。能卑順自將。蔡官至節度副使。其姓相同。一至于此。則誠何不直舉其人。而顧誣衊賢者耶。莊岳委談。僧孺二子。曰蔚。曰業。無所謂繁者。恐說郛所載不實。按蔡邕父名稜。字伯直。見後漢書注。其母袁氏。曜卿姑也。見博物志。琵琶記作蔡從簡秦氏。其故爲謬悠歟。抑未考歟。

桃源結義

劉關張桃源結義劇。據三國志關羽傳。先主與飛羽二人。寢則同床。恩若兄弟。而稠人廣坐。侍立終日。世俗由此敷演。至秉燭達旦劇。則前無所據。見少室山房筆叢。駁之最詳。秉燭達旦劇。元尚仲賢所撰也。關漢卿單刀會劇。見三國志魯肅傳。有但諸將軍單刀俱會之語。

月下斬貂蟬

月下斬貂蟬劇。見升庵外集。世傳呂布妻貂蟬。史傳不載。李白長吉呂將軍歌。榼榼銀龜搖白馬。傅粉女郎大旗下。似有其人也。元人有關公斬貂蟬劇。事尤悠謬。然羽傳注稱。羽欲娶布妻。啟曹公。公疑布妻有殊色。因自留之。則亦非全無所自。按原文闕所欲娶乃秦氏婦。不得借爲貂蟬證也。

截江脫阿斗

截江脫阿斗劇。見蜀志劉封傳。孟達與封書曰。自立阿斗爲太子已來。四字本此。

祝英臺

白仁甫祝英臺劇。見宣室志。英臺上虞祝氏女。僞爲男裝游學。與會稽梁山伯者同肄業。山伯字處仁。祝先歸二年。山伯訪之。方知其爲女子。悵然如有所失。告其父母求聘。而祝已字馬氏子矣。山伯後爲鄞令。病死。葬鄮城西。祝適馬氏。再過墓所。風濤不能進。問知有山伯墓。祝登號慟。地忽自裂。陷祝氏。遂幷埋焉。晉丞相謝安奏表其墓曰義婦冢。

祝髮記

祝髮記劇。事見陳書徐陵傳。孝克。陵第三弟也。梁末寇亂。京師大飢。孝克養母。饘粥不能給。妻臧氏。甚有容色。孝克謂之曰。今飢荒如此。供養交缺。欲嫁卿與富人。望彼此俱有濟。不知卿意如何。其妻臧氏弗許也。時有孔景行者。爲侯景將。富于財。孝克密因謀者陳意。景行多從。左右逼而迎之。臧氏涕泣而去。所得穀帛。悉以供養。孝克剃髮爲沙門。改名法整。兼乞食以充給焉。後景行戰死。臧伺孝克于途曰。往日之事非爲相負。今既得脫。當歸供養。孝克還俗。更爲夫妻。今祝髮記所演。多與此符。

達磨渡江劇。見傳燈錄。菩提達磨。南天竺國香至王第三子也。從波若多羅。法明心要。多羅曰。吾滅後。汝當往震旦。設大法乘。直接上根。貽偈有路行跨水復逢羊。獨自棲棲暗渡江。句。梁武帝迎至金陵。時魏明帝正光庚子也。止嵩山少林寺。面壁而坐。按達磨自庚子渡江。至戊申逝。凡九年。今謂九年皆面壁。失實。

打朝裝風

尉遲恭打朝裝風劇。見舊唐書。尉遲敬德婞直頗以激切自負。嘗侍宴慶善宮。有班在其上者。怒曰。爾何功。合坐我上。任城王道宗解喻之。敬德勃然。拳毆道宗目。幾至眇。太宗不懌。罷召讓之。致仕後。聞太宗將征高麗。上言夷貊小國不足枉萬乘。願委之將佐。帝不納。詔以本官爲左一馬軍總管。師復還。致仕。按劇場演敬德事。有曰打朝裝風。打朝實。裝風虛也。又單雄信追秦王劇。見舊唐書李密傳。及新書尉遲敬德傳。

白袍記

薛仁貴白袍劇。見舊唐書。仁貴自恃驍勇。欲立奇功。及異其服色。著白衣。帝遣問先鋒。白衣者誰。召見嗟

異。按元張國賓雜劇稱仁貴白袍將。亦實

吳昌齡。西天取經劇。見獨異志。沙門玄奘姓陳氏。唐武德初。往西域取經。行至罽賓國。道險虎豹不可過。奘不知所爲。鎖門而坐。至夕開門。見一老僧。莫知所由來。奘禮拜勤求。僧口授多心經一卷。令奘誦之。遂得道路開闢。虎豹潛形。魔鬼藏跡。至佛國。取經六百餘部而歸。其多心經至今誦之。雙樹幻抄。玄奘以貞觀三年冬。抗表辭帝。出玉關。抵高昌。高昌王護送。達于罽賓。隨歷大林國。僕抵國。那伽羅國。祿鄞那國。至麴闍國。麴闍王有勝兵十萬。雄冠西域。其俗以人祀天。奘至。被執。以風度特異。將戮以祭。俄大風作。塵沙漲天。晝日晦冥。彼衆驚異。釋之。至中天竺。入王舍城。彼已預聞奘至。具禮郊迎。安置那蘭陀寺。見上方戒

賢論師。賢時春秋一百有六。道德爲西土宗師。號正
法藏。奘啟以求法意。賢曰。吾頃病且死。忽夢大殊謂
我曰。後三年震旦有大沙門從汝受道。自爾以來。今
三稔矣。于是慰喜交集。奘從賢窮探大乘。日益智證。
至貞觀十六年。乃發王舍城。入祇羅國。國王迎問。而
國有聖人出世。作小秦王破陣樂。可爲我言之。奘粗
陳帝神武大略。其主大驚。即以青象名馬。助奘䭾經
而還。以貞觀十九年至長安。文帝驚喜。手詔飛騎迎
之。親爲經文作序。名聖教序云。按唐藝文志有王元
策中天竺國行記十卷。法苑珠琳謂元策官金吾將
軍。奉詔扈玄奘往西域取經。歸撰此記。今佚不傳。輟
耕錄記元人雜劇。有唐三藏一段。莊岳委談云。聖教
序雖有三藏要文等語。匪玄奘號也。其以稱奘。蓋以

唐僧不空號無畏三藏而謡耳。

唐明皇遊月宮

唐明皇遊月宮劇。見明皇雜劇。上與太真及葉法靜八月望日遊月宮。見龍樓鳳堞。金闕玉扇。冷氣逼人。後西川奏其夕有天樂過。龍城錄。葉法善與明皇遊月宮。聞天樂。上問曲名。曰紫雲回也。上密記音調。歸爲霓裳羽衣曲。又見集異記。異聞錄。小異。

脫靴

李白令高力士脫靴劇。見舊唐書李白傳。

滿床笏

郭子儀滿床笏劇。據舊唐書崔義元傳。開元中。神慶子琳珪瑤等皆至大官。羣從數十人。趨奏省闥。每歲時家宴。組珮輝映。以一榻置笏。重疊于其上。按流俗以此事屬郭汾陽。謬。

雙紅

雙紅劇。一紅綃。見崑崙奴傳。所稱奴摩勒負崔生至一品院。與歌妓紅綃會。逾十重垣。雙負出。撾殺猛犬

繡襦

者也。一紅線。見甘澤謠。潞州節度使薛嵩家青衣。盜田承嗣金合。一夜去來。薛嵩不知所往者也。沈德符顧曲雜言。梁伯龍有紅線紅綃二雜劇。頗稱諧愜。今被俗優合爲一大本南曲。謂之雙紅。遂成惡趣。

鄭元和繡襦劇。據白行簡李娃傳。天寶中。常州刺史滎陽公有子弱冠。應秀才舉。父豐其給。抵長安。游鳴珂曲。見娃憑一青衣而立。徘徊不能去。密徵于友。往詣歡好。並止其家。囊空。鬻駿乘及家僮以繼。歲餘蕩然。娃母意怠。設詭計紿生他出。徙宅去。生往來徵詰。無音。返舊邸。與人爭較。生父方入計在京。所隨老豎見之。遽持其袪。至父所。父怒其辱門。拉至曲江東。以馬捶鞭之斃。棄而去。有歌師往瘞。經宿而活。撻處潰爛。穢甚。同輩復惡而逐焉。遂持破甌。巡里閭。乞食爲事。一旦大雪。生冒雪乞聲甚苦。經娃之宅。生不知也。娃辨其音。連步而出。見生枯瘠疥癘。殆非人狀。遽前抱頸。以繡襦擁而歸之。母大駭。趣令迫逐。娃侃詞諍。且以積貲自贖。與生稅屋別居。勸以温習曩業。三歲。業大就。一赴禮。應直言極諫科。名第一。授成都府參軍。時生父由常州拜成都尹。生投謁。大驚。命登階。撫背慟哭。父子如初。娃留于劍門。築別館處之。尋遣媒氏。備六禮。迎爲夫婦。生後歷仕數郡。娃封汧國夫人。

按此與今劇場所演。事事相符。惟傳不著名。而今云李亞仙鄭元和。乃別見于元石君寶花酒曲江池劇。其殺千金五花馬。取版腸以供妓饌。則以元王元鼎與國順秀事牽入。

馬致遠黃粱夢劇。見李泌枕中記。所云開元十九年。

盧生遇呂翁于邯鄲邸舍。以枕授之。生于寐中列登鼎鉉。欠伸而寤。主人蒸黃粱尚未熟也。按此呂翁非呂洞賓也。洞賓生貞元十四年。舉咸通進士。翁則開元時已度人矣。元馬致遠黃粱夢劇。謂洞賓遇鍾離。此卽影襲盧生事。雜劇例多張冠李戴。不必疑也。明湯若士以世多熱夢邯鄲。復演盧生。付伶人歌舞之。又呂洞賓戲白牡丹劇。乃宋人顏洞賓事。亦誤爲呂洞賓。續仙傳。呂洞賓居岳州白嶽寺。有老人自松梢下曰。某松之精也。元谷子敬有城南柳劇。乃訛松爲柳。

西廂

西廂記。元王實甫撰。考元稹會眞記詳其事。輟耕錄以爲生卽張子野。宋王性之著傳奇辨正云。微之作姨母鄭氏墓志。言其旣喪夫。遭軍亂。微之爲保護其家。又白樂天微之母鄭氏志。言鄭濟女。唐崔氏譜。永寧尉鵬娶鄭濟女。則鶯鶯乃崔鵬之女。于微之爲中表也。傳言生年二十二。微之樂天墓志。決爲微之無疑。特鄭恆爭姻之說不可曉。按鶯鶯後實歸恆。金石文字記載唐鄭恆暨夫人崔氏墓誌銘。大中十二年秦貫撰文。崔年七十六。有子六人。與鄭合葬。此銘可證。

白兎記李洪義劇。五代史漢家人傳高祖皇后李氏。晉陽人也。其父爲農。高祖少爲軍卒。牧馬。晉人夜入其家。劫取之。高祖已貴。封魏國夫人。生隱皇帝。宋史漢李后弟六人。長洪信。少洪義。皆位至軍相。洪義本名洪威。後以避周諱改。周祖起兵。漢少帝詔洪義扼河橋。及周兵至。洪義就降。漢室之亡。由洪義也。今白

雪夜訪趙普
楊六郎

兎劇醜詆洪義。或緣其降周故耶。又何以誤指爲后兄也。

雪夜訪趙普劇。見宋史趙普傳。

楊六郎劇。取宋史楊業以驍勇聞。人號無敵。契丹望見業旌旗。輒引去。主將戍邊者多忌之。雍熙三年。以雲州觀察使副潘美北征。契丹國母蕭氏領衆十萬陷寰州。業議未可與戰。護軍王侁沮之。業因指陳家谷。言請于此張步兵爲左右翼。君俟業轉戰至此。卽以兵來擊救之。不然。無遺類矣。美卽與侁領兵陣谷口。自寅至巳。侁使人登臺望之。以爲契丹敗走。欲爭其功。乃離谷口。俄聞業敗。卽麾兵却。業力戰至暮。果至谷口。望見無人。撫膺大慟。再率帳下士戰。身被數十創。士卒殆盡。馬重傷不能進。遂爲契丹所擒。其子延玉亦沒焉。業不食三日死。詔贈太尉大同軍節度。錄其子延朗爲崇儀副使。次子延浦延訓爲供奉官。延環延貴延琳爲殿直。延朗後改名延昭。眞宗嘉其用兵有父風。在邊防二十餘年。官至保州防禦使。契丹憚之。目爲楊六郞。按史延昭當爲長子。而目爲六郞。六似非行次矣。業凡七子。延玉先沒。契丹或總其見在之兄弟六人歟。潘美今劇中誤爲潘仁美。

梁灝及第

梁灝八十二歲及第。劇見錦字箋。灝謝表有云。皓首窮經。少伏生之八歲。青雲得路。多太公之二年。遯齋閑覽。灝登第詩。天福三年來應試。雍熙二載始成名。饒他白髮巾中滿。且喜青雲足下生。又一 梁灝。登科最早。見容齋隨筆。

破窰

呂蒙正破窰劇。避暑錄。文穆爲父所逐。衣食不給。龍

王曾三元

包龍圖名劇

門寺僧識其貴人。延至寺中。鑿山岩爲龕居之。凡九年。後諸子即石龕爲祠堂。按元關漢卿王實甫俱撰蒙正風雪破窰記。貢性之有風雪破窰圖詩。破窰當即石龕。又據宋史與蒙正共淪躓者母劉氏也。今傳奇乃謂蒙正妻。又飯後鐘事。見北夢瑣言。乃段文昌事。摭言傳爲王播事。今以移屬呂文穆。乃自元人馬致遠始。又彩樓劇饐瓜事。見邵伯溫聞見錄。

王曾三元劇。見宋史。曾字孝先。咸平中。由鄉貢試禮部廷對。皆第一。按今謂曾爲三元。信也。至謂曾子復爲右榜三元。則無稽矣。曾無子。以弟融之子繹爲後。

包龍圖各劇據宋史。包拯嘗除龍圖閣直學士。立朝剛毅。貴戚宦官爲之斂手。京師語曰。關節不到。有閻羅包老。凡訟訴徑開正門。使得至前陳曲直。吏不敢

平妖傳

王魁不負心

歟。按今童婦輩凡言平反冤獄。輒稱包龍圖。或稱包待制。且言死作閻羅。因包老一言也。

平妖傳見居易錄。今小說演義記貝州王則事。其中人多有依據。如馬遂擊賊被殺。見宋史使馬遂乃賈魏公借作潞公耳。所云成都神醫嚴三點者。江西人。見癸辛雜志。其多目神借用李文靖事。

楊文奎王魁不負心。按王魁見齊東野語。嘉祐中王俊名爲應天府發解官。得狂疾。取交股刀自裁。左右抱持之。免出試院。醫云有痰。以藥吐之。中夜洞泄而死。其父訴問道士。道士傳冥中語云。爲五十年前。打殺謝吳劉不結案事。因託夏噩姓名。作王魁傳。實其事皆不然。書錄解題。陳翰唐宋人。王魁乃本朝事。當是後人勦入之。草木子。俳優戲文始于王魁。即此人。

蔡襄建洛陽橋劇。見說郛洛陽橋記附錄。又見筠廊偶筆云。明鄞人蔡錫爲泉州太守。欲修洛陽橋。以文檄海神。一醉卒趨而前曰。我能齎往。乞酒飲大醉。自投于海。若有人扶掖之者。俄而以醋字出。錫意必廿一日酉時。遂是日興工。語載錫本傳中。人乃以其事附蔡端明也。

陳造懼內劇。見蘇詩。龍邱居士亦可憐。談空說有夜不眠。忽聞河東獅子吼。拄杖落手心茫然。黄魯直亦有與季常簡曰。公暮年來想漸求清淨之樂。姬媵無新進矣。柳夫人比何所念以致疾耶。又一帖云。河東夫人亦能哀憐老大。一任放不解事耶。則柳氏之妬因已。按今南劇搬演跪池一事。未免已甚。北劇至有變羊劇。尤誕。然亦有本。但不屬陳季常。藝文類聚。一士人婦大妬。常以長繩繫夫足。士與巫謀。乘婦睡。以繩繫羊。婦覺。牽繩而羊至。大驚。問巫。巫曰。能悔可祈請。婦因悔。誓不妬。巫乃令七日齋。舉家詣神禱祝。士徐徐還。婦見泣曰。多日作羊。不辛苦耶。士曰。猶憶噉草不美。婦後略妬。士即伏地作羊鳴。婦驚起。永謝不敢。

蘇小妹

元吳昌齡東坡蘇小妹。按歐陽文忠集。蘇明允墓志云。君三女。皆早卒。按明允一女。適其母兄程濬之子之才。一女適柳子玉。而世俗云小妹適秦少游。不見傳記。豈明允之最小女耶。惟元吳昌齡東坡夢雜劇爲是言。並云其妹之名曰子美。

水滸

水滸劇見游覽志餘。錢唐羅貫中南宋時人。編撰小說數十種。而水滸傳敘宋江等事。機巧甚詳。壞人心術。其子孫三代俱啞。七修類稿。宋江乃施耐菴編昨見點鬼簿。載宋江傳記之名。則亦有本。因而編成。故曰編。莊岳委談。水滸傳所稱三十天罡。見宋史張叔夜傳。宋江起河朔。轉略十郡。官軍莫敢攖其鋒。癸丑雜志載龔聖予宋江三十六人贊。備列名號曰。呼保義宋江。智多星吳學究。玉麒麟盧俊義。大刀關勝。活閻羅阮小七。尺八鬼劉唐。沒羽箭張青。浪子燕青。病尉遲孫立。浪裏白跳張順。船火兒張橫。短命二郎阮小二。花和尚魯智深。行者武松。鐵鞭呼延綽。混江龍李俊。九紋龍史進。小李廣花榮。霹靂火秦明。黑旋風李逵。小旋風柴進。插翅虎雷橫。神行太保戴宗。先鋒索超。立地太歲阮小五。青面獸楊志。賽關索楊雄。一直撞董平。兩頭蛇解珍。美髯公朱仝。沒遮攔穆宏。拚命三郎石秀。雙尾蝎解寶。鐵天王晁蓋。金鎗班徐寧。撲天鵰李應。較小說多孫立晁蓋。無公孫勝。林沖。其吳學究不著名。尺八腿。一直撞。綽號大異。鐵鞭先鋒。賽關索。金鎗班。小異。先後次第。尤多不同。宣和遺事。盧俊義作李俊義。楊雄作王雄。關勝作關必勝。並載花石綱等事。皆似是水滸事本。而呼保義等號無之。宋鑑。劉豫所害關勝。或即大刀也。其燕青贊云平康巷陌。豈是知名。太行春色。有一丈青。然則時固有一丈青者。而不在數中。復有所謂七十二地煞乎。又高俅事見居易錄。乃東坡小史。以屬王晉卿誂。誂遣俅送篦刀子于端王邸。令對蹴大喜。并送人皆留。逾月。王登大寶。眷渥日厚。數年間。持節至使相。傳所云小蘇學士。即東坡。而稍變其文耳。都尉即誂也。至誤走妖魔事見錢氏私志。河北賊方定。蔡京謂徐神翁曰。且喜天下太平。徐曰。天今方遣許多魔君下生人間。作壞世界。蔡曰。如何得識其人。徐笑曰。太師亦是。按此段即水滸楔子所由演。

續水滸諸劇。見甕天脞語。載宋江潛至李師師家。題詞于壁。按陸友仁題宋江三十六人畫贊云。睦州盜起塵連北。誰挽長江洗兵革。京東宋江三十六。懸賞招之使擒賊。後來報國收戰功。捷書夜奏甘泉宮。則江降後。自有攻討方臘等事。續傳不爲無因。

麒麟記韓蘄王夫人見鶴林玉露。夫人本娼。嘗于廟柱下見一虎蹲臥。驚走出。復往視之。乃一卒也。因蹴起。問姓名。爲韓世忠。心異之。告其母。約爲夫婦。後封梁國夫人。今麒麟記演其事。

精忠記

岳武穆精忠傳。何立至酆都事。見雲邁淡墨。所謂告相公東窗事發也。又掃秦劇見江湖雜記。檜既殺武穆。向靈隱祈禱。有一行者亂言譏檜。檜問其居址。僧賦詩。有相公問我歸何處。家在東南第一山之句。其事又見邱氏遺珠。元張光弼有詠何立事詩。

荊釵記

荊釵劇見鶴林玉露。龜齡及第甚晚。已有二子。並非新娶。而其母已沒。今之荊釵傳奇。乃史氏妄作也。天祿志餘謂玉蓮王梅溪女孫。汝權宋進士。與梅溪友善。先生劾史浩八罪。汝權實慫恿之。爲史氏所最切齒。遂妄作荊釵傳奇。謬其事以衊之。南史餘姚許浩嘗賦荊釵百詠。即其事也。楊升庵外集謂潛說友乃宋安撫使。與賈似道同時。今傳奇王十朋有此人。訛以爲錢。反以爲梅溪前輩。謬也。

玉簪記

玉簪劇見古今女史。宋女觀尼陳妙常。年二十餘。姿色超羣。詩文俊雅。工音律。張于湖授臨江令。宿觀中。調之。妙常不納。載名媛璣囊。後與于湖友潘法成私通。情洽。密告于湖。以計斷爲夫婦。

月明度柳翠

月明度柳翠劇見姚靖西湖志。宋紹興間。柳宣教履臨安尹任。僧玉通不赴庭參。柳使用紅蓮計破其戒。玉通慚悔而死。托生于柳。隸樂籍。報之。久之。皐亭山僧清了以化緣詣柳翠。爲戴面具現身說法。示彼前因。翠悟沐浴而化。清了一名月明。故云月明和尚度柳翠也。元李壽卿撰曲。見臧晉叔選百種曲中。考咸淳臨安志。五燈會元。皆無柳宣教月明之名。今所演蓋武林舊事所載。元夕舞隊之耍和尚也。

王孝子尋親記

王孝子尋親劇。見元史孝義傳。王覺經建昌人。五歲遭亂失母。稍長誓天。願求母所在。願渡江涉淮。行乞而往。至汝州梁縣春店。得其母以歸。

沈萬三

沈萬三劇。見明史高后傳。吳興富民沈秀者。助築都城三之一。又請犒軍。太祖怒。欲誅之。后諫曰。民富敵國。民自不祥。天將災之。何誅焉。乃釋秀。秀卽沈萬三也。明巨富者謂之萬戶三。沈本名富。字仲榮。柳亭詩話云。金陵水西門有猪龍爲患。相傳明祖以沈仲榮聚寶盆鎮之。乃止。故名聚寶門。仲榮得張三丰鑪火之術。致富敵國。盆卽鼎器也。

鐵冠圖

鐵冠圖劇見宋景濂集張中傳。中字景善。撫之臨川人。舉進士不第。遇異人。授以太極數學。帝下豫章時。因鄧愈薦。遣使召問。後言事往往奇中。嘗戴鐵冠。人因號鐵冠子。按雜說云。明祖諭道人。汝能先知。試言我國事。直述無諱。道人口誦數十語。其後多驗。卽劇所謂鐵冠圖也。

唐賽兒

唐賽兒劇。見明史成祖紀。永樂十八年二月。蒲臺妖婦唐賽兒作亂。安遠侯柳升帥師討之。三月辛巳。敗賊于卸石。賽兒逸去。好事者演其事。謂之女仙外史。演劇者本之。

海瑞市棺

海瑞市棺劇。見明史本傳。上疏時先市一棺。訣別妻子。故俗有海瑞棺材。撞去撞來之諺。由此。

十五貫

十五貫劇。況青天。見懸笥瑣探。蘇州太守況鍾。剛果練達。多有惠政。九載去任。人呼曰況青天。

三笑姻緣

唐伯虎三笑姻緣劇。秋香。見姚旅露書。乃吉道人事。與宦家婢秋香遇于虎邱。因道人有姊喪。白衫內服紫裾。風動裾開。秋香見而含笑。道人乃鬻身爲宦家奴。伴其子讀書。具得歡意。問其欲。求秋香爲妻。許之。具數百金裝。送秋香歸道人。道人名之任。字應生。江陰人。本姓華。爲母舅趙子。按今演其事爲劇。移以屬唐寅。

雨村劇話卷下終

艾塘曲錄

清李斗艾塘撰

徐又陵。字坦庵。畫花卉。有天趣。工詩詞製曲。有坦庵六種。又著蝸亭雜記。青白眼。諸書。

任世禮。字漢修。與丁鶴洲交。得聞傳真之法。摹之二十年。畫合其旨。性豪俠。善彈琴。工時曲。

厲鶚。字太鴻。號樊榭。杭州人。來揚州。主馬氏。工詩詞。及元人散曲。

天寧寺本官商士民祝釐之地。殿上敬設經壇。殿前蓋松棚爲戲臺。演仙佛麟鳳太平擊壤之劇。謂之大戲。事竣拆卸。迨重寧寺構大戲臺。遂移大戲于此。兩淮鹽務例蓄花雅兩部。以備大戲。雅部卽崑山腔花部爲京腔。秦腔。弋陽腔。梆子腔。羅羅腔。二簧調。統謂之亂彈。崑腔之勝。始于商人徐尚志徵蘇州名優爲老徐班。而黃元德。張大安。汪啟源。程謙德。各有班。洪充實爲大洪班。江廣達爲德音班。復徵花部爲春臺班。自是德音爲內江班。春臺爲外江班。今內江班歸洪箴遠。外江班隸于羅榮泰。此皆謂之內班。所以備演大戲也。

設局修改曲劇

乾隆丁酉。巡鹽御史伊齡阿奉旨。於揚州設局修改曲劇。歷經圖思阿並伊公兩任。凡四年。事竣。總校黃文暘。李經。分校淩廷堪。程枚。陳治。荊汝爲。委員淮北分司張輔。經歷查建珮。板浦場大使湯惟鏡。

黃文暘

黃秀才文暘。字時若。號秋平。居天心墩。工詩古文詞。得古錢數百品。自上古至今。一一摹之。而繫以說。爲古金通考六卷。辨安陽平陽爲戰國錢。識神農錢爲倒文。皆極精細。又錄金元以來雜劇院本。標其目而係以說。爲曲海數卷。又隱怪叢書十二卷。丙官集數卷。

李經

李經。字理齋。江寧諸生。官廣東鹽場大使。

凌廷堪

凌廷堪。字仲子。又字次仲。歙縣監生。僑居海州之板浦場。以修改詞曲來揚州。繼入京師。遊于豫章維陽。中戊申科副榜。己酉科舉人。庚戌科進士。官安徽寧國府教授。始不爲時文之學。既與黃文暘交。文暘最精於制藝。仲子乃盡閱有明之文。得其指歸。洞徹其底蘊。每語人曰。人之刺刺言時文法者。終于此道未深。時文如詞曲。無一定資格也。

程枚

程枚。字時齋。海州板浦場監生。長于詞曲。有一斛珠傳奇。最佳。

陳治。字桐嶼。浙江海寧監生。

荊汝爲。字玉樵。鎮江丹徒拔貢生。

修改既成。黃文暘著有曲海二十卷。今錄其序目云。

乾隆辛丑間。奉旨修改古今詞曲。予受鹽使者聘。得與修改之列。兼總校蘇州織造進呈詞曲。因得盡閱古今雜劇傳奇。閱一年。事竣。追憶其盛。擬將古今作者。各撮其關目大槩。勒成一書。既成爲總目一卷。以記其人之姓氏。然作是事者多自隱其名。而妄作者又多僞托名流以欺世。且其時代先後。尤難考核。即此總目之成。已非易事矣。

元人雜劇

漢宮秋　薦福碑　三醉嶽陽樓　陳摶高臥　黃

梁夢　青衫淚　三度任風子七種馬致遠作　金錢記
揚州夢　玉簫女三種喬孟符作　玉鏡臺　謝天香　望
江亭　救風塵　金線池　竇娥冤　蝴蝶夢　魯
齋郎八種關漢卿作　合汗衫　薛仁貴　相國寺三種張國寶作
風花雪月　東坡夢二種吳昌齡作　趙禮讓肥　東堂
老二種秦簡夫作　燕青博魚李文蔚作　臨江驛　酷寒亭二種
楊顯之作　李亞仙　秋胡戲妻二種石君寶作　楚昭公　後
庭花　忍字記三種鄭廷玉作　梧桐雨　墻頭馬上二種白仁
甫作　老生兒　生金閣　玉壺春三種武漢臣作　虎頭牌
李直夫作　鐵拐李岳伯川作　翠紅鄉楊文奎作　風光好戴善甫作
伍員吹簫李壽卿作　勘頭巾孫仲章作　雙獻功高文秀作
倩女離魂　王粲登樓　㑇梅香三種鄭德輝作　賢母不
認屍尚仲文作　麗春堂王實甫作　范張雞黍宮大用作　竹葉

舟范子安作　紅梨花張壽卿作　意馬心猿　玉梳記　蕭
淑蘭三種賈仲名作　灰闌記李行夫作　單鞭奪槊　氣英布
柳毅傳書三種尚仲賢作　三度城南柳谷子敬作　留鞋記
曾瑞卿作　劉行首楊景賢作　誤入桃源王子一作　魔合羅孟漢
卿作　竹塢聽琴石子章作　趙氏孤兒紀君祥作　李逵負荊
康進之作　還牢末李致遠作　張生煮海李好古作　桃花女王曄
作　昊天塔朱凱作　馮玉蘭　碧桃花　貨郎旦
看錢奴　連環計　抱粧盒　百花臺　盆兒鬼
度柳翠　梧桐葉　誶范叔　漁樵記　馬陵道
清風府　神奴兒　小尉遲　凍蘇秦　硃砂擔
龐居士　鴛鴦被　殺狗勸夫　風魔蒯通　陳州
糶米　合同文字　舉案齊眉　冤家債主　隔江
鬭智　三虎下山二十八種無名氏

元人傳奇二種附一種

弦索西廂董解元作　西廂記王實甫作關漢卿續　伏虎縧今德音班演此相傳爲元人作附于此

明人雜劇

桃花人面　英雄成敗　死裏逃生　花舫緣　紅顏年少五種孟稱舜作　女狀元　雌木蘭　翠鄉夢　漁陽弄四種徐渭作　武陵春　龍山宴　午日吟　南樓月　赤壁遊　同甲會　寫風情七種許潮作　崑崙奴梅鼎祚作　遠山戲　高堂夢　洛水悲　五湖游四種汪道昆作　絡水絲　春波影許翽作　鞭歌妓　簪花髻　霸亭秋三種沈自徵作　紅線女　紅綃二種梁伯龍作　碧蓮紈繡符　丹桂鈿盒　北邙說法　團花鳳　夭桃紈扇　素梅玉蟾　易水寒七種葉憲祖作　虬髯翁凌初成作

蘭亭會　太和記二十四齣故事六種每事四折以上二種楊慎作　脫囊
穎　有情癡二種徐陽輝作　昭君出塞　文姬入塞二種陳與
郊作　曲江春王九思作　中山狼康海作　鬱輪袍　哭倒
長安街　眞傀儡　沒奈何四種王衡作　廣陵月汪廷訥作
魚兒佛僧湛然作　逍遙游王應遴作　靑虬記林章作　不
伏老北海馮氏作　雙鶯傳幔亭仙史作　齊東絕倒竹癡居士作
櫻桃夢澹居士作　蕉鹿夢蘧然子作　男王后秦樓外史作
一文錢破慳道人作　紅蓮債函三館作　再生緣衡蕪室作以上八種
無名氏可考　相思譜　錯轉輪二種無名氏

國朝雜劇

讀離騷　弔琵琶　黑白衛　清平調四種尤侗作　買
花錢　大轉輪　浮西施　拈花笑四種徐又陵作　鴛鴦
夢吳江女史葉小紈作　裴航遇仙　張旭觀公孫大娘舞劍

鬱輪袍三種石牧作　盧從史　老客歸　長門賦

燕子樓四種羣玉山樵作一名鋤經堂樂府　藍采和　阮步兵　鐵

氏女三種元成子作一名秋風三疊　義犬記　淮陰侯　中山狼

蔡文姬四種林於閣作　驀忽姻緣空觀主人作　鈿盒奇緣

蟾蜍佳偶　義妾存姑　人鬼夫妻四種西泠野史無枝甫合作

祭皐陶二鄉亭主人作　揚州夢　讀離騷二種拚犢山農作

萬家春　萬古情　豆棚閑話名三幻集無名氏　笳騷

長生殿補闕二種蝠寄居士作　四弦秋　一片石　忉利

天三種蔣士銓作　珊瑚珠　舞霓裳　藐姑仙　青錢賺

焚書鬧　罵東風　三茅宴　玉山宴八種萬樹作未刻

勘鬼獄　瑤池會　翠微亭　補天夢　可破夢

王維　裴航　飲中八仙　杜牧名四才子以上無名氏

明人傳奇

琵琶高則誠作　荊釵柯丹邱作　金印蘇復之作　連環王雨舟作
雙忠　金丸　精忠三種姚靜山作　寶劍　斷髮二種李開先作
銀瓶　三元　龍泉　嬌紅四種沈壽卿作　五倫　投
筆　舉鼎　羅囊四種邱瓊山作　千金　還帶　四節三種
沈練川作　香囊邵給諫作　桃符　義俠　埋劍　分柑
十孝　分錢　結髮　珠串　雙魚　博笑　四異
墜釵　合衫　奇節　鴛衾　鑿井　紅渠　者
英會　翠屏山　望湖亭　一種情二十一種吳江沈璟作
櫻桃夢　靈寶刀二種任誕先作　紫簫　紫釵　還魂
南柯　邯鄲五種湯顯祖作　玉玦　大節　繡襦三種鄭若庸作
乞麾　冬青二種卜世臣作　金鎖　玉麟　四艷　雙
卿　鸞鎞五種葉憲祖作　紅梅周夷玉作　露綬　蕉帕二種單槎
仙作　錦箋周螺冠作　明珠　南西廂　懷香記　椒觴

分鞋記五種陸采作 紅拂 虎符 竊符 扊扅

祝髮 平播 灌園七種張鳳翼作 扊扅端鏊作此在張伯起之前

葛衣 義乳 青衫 風聲編四種顧大典作 浣紗梁伯龍作

玉石梅鼎祚作 種玉 獅吼 天書 長生 同昇

三祝 高士 二閣 投挑九種汪廷訥作 彩毫 曇

花 修文三種屠赤水作 藍橋龍膺作 白練裙 旗亭

芍藥三種鄭之文作 量江余聿文作 雙雄馮夢龍作 青連 鞦

韆二種戴子晉作 彈鋏 四夢二種車任遠作 雙珠 鮫綃

青瑣 分鞋四種沈鯨作 蛟虎黃伯羽作 存孤江都陸弼作

清風亭天台李鳴雷作 四喜上虞謝讜作 鸚鵡洲海寧陳與郊作

金蓮 紫懷二種會稽陳汝元作 泰和靖州許潮作 紅拂錢塘張太

和作 忠節錢塘錢直之作 符節錢塘章大綸作 呼盧鄞縣金天祐作

玉香 望雲二種仁和程文修作 節孝 玉簪錢塘高濂作 題

橋無錫陸濟之作　雙烈張午山作　驚鴻烏程吳世美作　鳴鳳王世貞作
八義徐叔回作　夢磊史考叔作　合紗　題紅祝金粟作　五
鼎顧懋仁作　椒觴顧懋儉作　春蕪錢塘汪錂作　奇貨　二普
犀珮杭州胡全菴作　金縢喬夢符作　神鏡呂大成作　玉魚湯賓
陽作　玉釵陸江樓作　牡丹朱春霖作　綠綺武進楊柔勝作　禁烟
無錫盧鶴江作　歌風杭州庚生子作　錕鋙兩宜居士作　奪解秋閣居士
作　合璧王恆作　雙環鹿陽外史作　玉鏡臺崑山朱鼎作
金魚宜興吳鵬作　純孝張從懷作　焚香王玉峯作　龍劍徽州吳大
震作　龍膏　錦帶二種楊第白作　龍綃台州黃惟楫作　遇仙杭州
心一子作　佩印杭州顧懷琳作　玉丸上虞朱期作　玉鐲李玉田作
釵釧月樹主人作　玉杵餘姚楊之炯作　分釵溧陽張漱濱作　瀫園
上虞趙心武作　覓蓮溧陽鄒海門作　丹筦徽州汪宗姬作　護龍彭澤馮之
可作　指腹溧陽沈祚作　白璧黃廷奉作　狐裘　靖虜二種杭州

謝天佑作 合釵邱瑞吾作 繡被 香裘 妙相 八更
望雲 完福 寶釵 桃花 摘星九種會稽金懷玉作 藍
田龍渠翁作 紅梨陽初子作 合劍太華山人作 想當然大名盧次
楩作 策杖涵陽子作 雙金榜 牟尼盒 忠孝環 春
燈謎 燕子箋五種阮大鋮作 玉換 張叶 牧羊 孤兒
玉環 教子 綵樓 百順 鸞釵 白兎 躍
鯉 雙紅 四景 尋親 金雀 水滸 鸝釵
雙孝 玉佩 千祥 羅衫 麒麟 異夢 七國
黑鯉 題門 殺狗 東郭 投梳 金花 錦
囊 情郵 瑞玉 蟠桃 吐絨 衣珠 四豪
三桂 花園 青樓 磚渠 紅絲 霞箋 犀盒
赤松 鑲環 綈袍 箜篌 東墻 江流 鴛
鴦 五福 離魂 菱花 金臺 南樓 臥冰

節俠　飛丸　四賢　琹心　運甓　幽閨或曰施君美作
無可考　飛丸　雙紅　目蓮救母六十六種古本無名氏可考

國朝傳奇

秣陵春太倉吳偉業作　畫中人　療妬羹　綠牡丹　西
園四種宜興吳石渠作　花筵賺　鴛鴦棒　倩畫姻　勘皮
靴　夢花酣松江范香令作　西樓吳縣袁令昭作　索花樓　荷
花蕩　十錦塘吳縣馬亘生作　羅衫合　天馬媒　小桃
源三種劉晉充作　書生願　醉月緣　戰荊軻　蘆中人
昭君夢　狀元旗吳縣薛既揚作　一捧雪　人獸關
永團圓　占花魁　麒麟閣　風雲會　牛頭山
太平錢　連城璧　眉山秀　昊天塔　三生果
千忠會　五高風　兩須眉　長生像　鳳雲翹
禪真會　雙龍珮　千里舟　洛陽橋　虎邱山

武當山　清忠譜　掛玉帶　意中緣　萬里緣
萬民安　麒麟種　羅天醮　秦月樓三十一種吳縣李元玉作
萬事足　風流夢　新灌園三種吳縣馮猶龍作琥珀匙
女開科　開口笑　三擊節　遜國疑　英雄槩
八翼飛　人中人八種吳縣葉稚斐作太極奏　玉素珠
軒轅鏡　蓮花筏　吉慶圖　飛龍鳳　錦雲裘
瑞霓羅　御雪豹　石麟鏡　九連燈　纓絡會
贅神龍　萬花樓　建黃圖　乾坤嘯　艷雲亭
奪秋魁　萬壽冠　雙和合　壽榮華　五代榮
寶曇月　漁家樂　牡丹圖二十五種吳縣朱良卿作虎囊
彈　黨人碑　百福帶　幻緣箱　歲寒松　御袍
恩　鬧句闌五種常熟邱嶼雪作振三綱　一着先　萬年
觴　錦衣歸　未央天　狻猊璧　忠孝閭　四聖

手　聚寶盆　十五貫　文星見　龍鳳錢　瑤池
宴　朝陽鳳　全五福 十五種吳縣朱素臣作　紅芍藥　竹
葉舟　呼盧報　三報恩　萬人敵　杜鵑聲 六種吳縣
畢萬侯作　奈何天　比目魚　蜃中樓　憐香伴　風
箏誤　愼鸞交　鳳求凰　巧團圓　玉搔頭　意
中緣　偷甲記　四元記　雙錘記　魚籃記　萬
全記 十五種錢塘李漁作　大白山　竹漉籬　八仙圖　火
牛陣　竟西廂　福星臨　指南車　綈袍贈　萬
金資　鏡中人　金燈樹　玉鴛鴦 十二種周坦綸作　如
是觀　醉菩提　海潮音　釣魚船　天下樂　井
中天　快活三　金剛鳳　獺鏡緣　芭蕉井　喜
重重　龍華會　雙節孝　雙福壽　讀書聲　娘
子軍 十六種張心其作　春秋筆　雙奇俠　貂裘賺　千

金笑　聚獸牌　錦中花　擘香園　古交情　四
美坊　眉仙嶺　如意冊　風雪緣　固哉翁　續
青樓十四種會稽高奕作　人中龍　飛龍蓋　胭脂雪　雙
虬判吳縣盛際時作　清風寨　五羊皮吳縣史集之作　靈犀鏡
齊眉案　照膽鏡　人面虎　石點頭　小蓬萊
別有天　龍燈賺　赤鬚龍　兒孫福　兩乘龍
萬壽鼎十二種吳縣朱雲從作　雙冠誥　稱人心　彩衣
歡長洲陳二白作　三合笑　玉殿元　歡喜緣三種陳子玉作
非非想　黃金臺二種王香裔作　珊瑚鞭　九奇逢江都徐又
陵作　長生殿洪昉思作　傳燈緣即歸元鏡釋智達作　玉麟記張世
漳作與明人葉桐柏作不同　玉符記吉衣道人作　鈞天樂尤侗作
香草吟　載花舲二種耶溪野老作　珊瑚玦　元寶媒二種
可笑人作　廣寒香蒼山子作　五倫鏡雪簑道人作　梅花夢陽羨

陳貞禧作　息宰河唵菴孚中道人作　翻西廂　賣相思二種研雪
子作　醉鄉記白雪道人作　忠孝福石牧作　陰陽判他山老人
作　宣和譜介石逸叟作　合箭記蔫清軒作　鴛鴦合夢覺道人
作　英雄報蝸寄居士作　河陽覲吳涗玨作　風前月下江左
詞憨曹岩作　紅情言太原王介人作　壺中天華亭朱龍田作　定蟾
宮朱確過孟起盛國琦三人同作　兩度梅　錦香亭　天燈記
酒家傭石恂齋作　三生錯西湖放人去村作　玉獅墜　懷沙
記玉燕堂張漱石作　雙報應拖犢山農黏留山作　風流捧　空青
石　念八翻　錦塵帆　十串珠　黃金甕　金神
鳳　資齊鑑八種陽羨萬樹作　花蕚吟　杏花村　南陽
樂　無瑕璧　廣寒梯　瑞筠圖六種夏惺齋作　月中人
月鑑主人作　玉劍緣江都李本宣作　拜針樓蕪湖王墅作　雙仙
記研露老人作　東廂記楊國賓作　長命縷勝樂道人作　雙忠

廟（周冰持作）　烟花債　情中幻（二種崔應階作）　旗亭記　玉尺樓（二種德州盧見曾作）　鑑中天（女道士姜玉潔作）　添繡鞋（離幻老人作）　香祖樓　雪中人　臨川夢　桂林霜　冬青樹　空谷香（六種蔣士銓作）　風流院（本朱京藩作）　精忠旗　麒麟罽　綱常記　芝龕記　鐵面圖　北孝烈　義貞記　四大癡　蝴蝶夢　鳳求凰　納履記　丹忠記　十義記　赤壁游　魚水緣　藍橋驛　飲中仙　夢中緣　石榴記　化人游　財神濟　雙翠圓　翠翹記　續牡丹亭　慈悲願　夫容樓　焦（里堂曲考以夫容樓爲雙溪鷹山作）　千忠祿　雷峯塔（二十八種原有姓名失記應考）　曲春衣　爛柯山　浮邱傲　落花風　埋輪亭　籌邊樓　隋唐　壽爲先　盤陀山　十錯記（曲考云卽滿琳笏龔司寇門客作）　後漁家樂　十美圖　鬧花

燈　倭袍　長生樂（以上抄本）　大吉慶　杜陵花　清
風寨　陀羅尼　百福帶　兩情合　蟠虎釧　情
中岸　七才子　東塔院　一枝梅　三奇緣　百
子圖　鴛鴦結　錦繡旗　黃鶴樓　倒銅旗　燕
臺筑　上林春　瑤池宴　金蘭誼　逍遙樂　文
星刼　錦衣歸　合虎符　蟠桃會（四十一種詞曲佳而姓名不可
考者）　人生樂　霄光劍　安天會　萬倍利　元寶
湯　江天雪　沉香亭　花石綱　四屏山　翻浣
紗　藍關道曲（皆要孩兒小調）　平妖傳　西川傳　黎筐
雪　續尋親　狀元香　昭君傳　風流烙　紫金
魚　賚人龍　報恩亭　平頂山　翻七國　玉燕
釵　三異緣　歲寒松　鸞鳳釵　快活仙　八寶
箱　補天記　祥麟見　珍珠塔　姊妹緣　奉仙

緣　醉西湖　三鼎爵　英雄槩　遍地錦　雙瑞
記　梅花簪　玉杵記　後一捧雪　定天山　長
生樂　南樓月　山堂詞餘　雄精劍　還帶記十四
八種詞曲平無姓名者皆抄本　後西廂　飛熊兆　紫瓊瑤　賜
繡旗　齊天樂　翡翠園　玉麟符　粉紅蘭　喜
聯登　狀元旗另一本非薛既揚作　雙和合非朱良卿作　三笑
姻緣　碧玉燕　九曲珠　四奇觀　後繡襦　折
桂傳　飛熊鏡　白鶴圖　白羅衫　乾坤鏡　還
魂記一名玉龍珮　後珠球　好逑傳　四大慶　青蛇
傳　四安山　天然福　摘星樓　雲合奇踪　萬
花樓　醉將軍　描金鳳　吉祥兆　續千金　劉
成美　青虹嘯　軟藍橋　天緣配　桃花寨　雙
錯疊　沉香帶　鴛鴦幻　三世修　文章用　造

化圖　祝家莊　綵樓記　鳳鸞裳　陰功報　福
鳳緣　觀星臺　督亢圖　征東傳　北海記　三
俠劍　千秋鑑　千里駒　雙珠鳳　十大快　鸞
釵記　禪真逸史　春富貴　翻天印　黃河陣
古城記　月華緣　五虎寨　五福傳非古本　昇平
樂　賜金袍　百花臺　爲善最樂　雙蝴蝶　遍
地錦　雙姻緣　鬧金釵　三鼎甲　鴛鴦被　天
貴圖　錕鋼俠　一疋布　封神榜　滄浪亭　二
龍山　天平山　河燈賺　玉麒麟　通天犀　碧
玉串　鐵弓緣　未央天　二十四孝　千祥記
佐龍飛　順天時　混元盒　彩衣堂　珍珠旗
玄都觀　金花記　金瓶梅　後岳傳　合歡慶
三鳳緣　太平錢另一俗本非李元玉作　合歡圖　鴛鴦孩

曲考所增劇本

開口笑一百零九種詞曲劣無姓名者皆抄本

共一千一十三種。焦里堂曲考載此目。有所增益。附

于後。

洞天元記明楊愼作 空堂話國朝鄒兌金作 汨羅江 黃鶴

樓 滕王閣西神鄭瑜作 蘇園翁 秦廷筑 金門戟

鬧門神 雙合歡五種茅僧曇作 半臂寒 長公妹

中郎女三種南山逸史作 眼兒媚孟稱舜作 孤鴻影 夢幻

緣芥庵周如璧作 續西廂查繼佐作 西臺記陸世廉作 衞花符

伊令堵廷棻作 鯁詩讖土室道民作 城南寺黃家舒作 不了緣

碧蕉軒主人作 櫻桃宴張來宗作 旗亭燕張龍文作 餓方朔孫源

文作 脫穎 茅廬 章臺柳 章蘇州 申包胥五種

皆張國壽作 倚門 再醮 淫僧 偷期 督妓 孌

童 懼內六種題陌花軒雜劇黃方胤作 北門鎖鑰高應玘作 蓬島

璠瑤　花木題名二種田民撰以上雜劇　放偷　買嫁二種連廂
詞蕭山毛大可作　廣寒香　易水歌二種寓山作　富貴神仙
影園灌者鄭含成作　胭脂虎江都徐又陵作　空谷香蔣士銓作　四奇
觀　血影石　一捧花三種朱良卿作　紫雲歌失名　相思
硯錢唐女史梁夸素作　芙蓉峽錢夫人林亞青作　綰春園三種沈作卿
唵庵孚中道人　虎媒記明顧景星作　紅情言　榴巾怨　詞
苑春秋　博浪沙四種明嘉興王翊作　崖州路　麒麟夢
鴛鴦榜　黃金瓮四種通州張異資作　犢鼻褌興化李作　籌
邊樓王鶴尹作　宰戍記明錢塘沈孚中作　梧桐雨　一文錢
二種徐復祚作卽陽初子胥光劍紅梨亦其作也以上傳奇
共雜劇四十二種。傳奇二十六種。葉廣平納書楹曲
譜所載名目。前所未備者。附于後。
古城記　單刀會　兩世姻緣　唐三藏　漁樵

戲班規制名目

蘇武還朝　鬱輪袍　綵樓　吟風閣　蓮花寶筏

珍珠衫　千鍾祿　葛衣　雍熙樂府　金不換

風雲會　東窗事犯　天寶遺事　俗西遊　江天雪　五香毬　小妹子　思凡（以上無名氏）

城內蘇唱街老郎堂。梨園總局也。每一班入城。先於老郎堂禱祀。謂之掛牌。次于司徒廟演唱。謂之掛衣。每團班。在中元節。散班在竹醉日。團班之人蘇州呼爲戲螞蟻。吾鄉呼爲班攬頭。吾鄉地卑濕。易患癬疥。吳人至此。易于沾染。班中人謂之老郎瘡。梨園以副末開場爲領班。副末以下。老生。正生。老外。大面。二面。三面。七人。謂之男脚色。老旦。正旦。小旦。貼旦。四人。謂之女脚色。打諢一人。謂之雜。此江湖十二脚色。元院本舊制也。蘇州脚色優劣。以戲錢多寡爲差。有七兩

副末余維琛

老生山崑璧

小生陳雲九與董派

三錢。六兩四錢。五兩二錢。四兩八錢。三兩六錢之分。內班脚色皆七兩三錢。人數之多。至百數十人。此一時之勝也。

徐班副末余維琛。本蘇州石塔頭串客。落魄入班中。面黑多鬚。善飮。能讀經史。解九宮譜。性情慷慨。任俠自喜。嘗于小東門羊肉肆見吳下乞兒。脫狐裘贈之。其時王九皐爲副末副席。

老生山崑璧。身長七尺。聲如鑄鐘。演鳴鳳記寫本一齣。觀者目爲天神。自言袍袖一遮。可容張德容輩數十人。張德容者。本小生。聲音不高。工于巾戲。演尋親記周官人。酸態如畫。

小生陳雲九。年九十。演綵毫記吟詩脫靴一齣。風流橫溢。化工之技。董美臣亞于雲九。授其徒張維尚。謂之董派。美臣以長生殿擅場。維尚以西樓紀擅場。維尚游京師時。人謂之狀元小生。後入洪班。

老外王丹山 孫九皋

老外王丹山。氣局老蒼。聲振梁木。同時孫九皋爲外脚副席。九皋戲情熟于丹山。而聲音氣局十不及半。後入洪班。

大面周德敷 白面馬文觀

大面周德敷。小名黑定。以紅黑面笑叫跳擅場。笑如宵光劍鐵勒奴。叫如千金記楚霸王。跳如西川圖張將軍諸齣。同時劉君美馬美臣並勝。馬文觀字務功。爲白面。兼工副淨。以河套參相遊殿議劍諸齣擅場。白面之難。聲音氣局。必極其勝。沉雄之氣。寓于嘻笑怒罵者。均于粉光中透出。二面之難。氣局亞于大面。温暾近于小面。忠義處如正生。卑小處如副末。至乎其極。又服婦人之衣。作花面丫頭。與女脚色爭勝。務

二面錢雲從　三面陳嘉言

老旦余美觀　正旦史菊觀　任瑞珍

功兼工副淨。能合大面二面爲一氣。此所以白面擅場也。其徒王炳文。謹守務功白面諸齣。而不兼副淨。故凡馬務功之戲。炳文效之。其神化處尚未能盡。

二面錢雲從。江湖十八本。無齣不習。今之二面。皆宗錢派。無能出其右者。同時錢配林。技藝雖工。過於端整。爲雲從所掩。後入洪班。方顯其技。三面以陳嘉言爲最。一出鬼門。令人大笑。後與配林同入洪班。

老旦余美觀。兼工三弦。本京腔班中人。後歸江南。入徐班。正旦史菊觀。演風雪漁樵記。在任瑞珍之上。瑞珍口大善泣。人呼爲闊嘴。幼時在瀋陽。從一縣令。會縣令被逮。瑞珍左右之。縣令死。瑞珍經紀其喪。始得歸里。後入洪班。

小旦謂之閨門旦。貼旦謂之風月旦。又名作旦。兼跳

程班張班諸脚色

打謂之武小旦。吳福田字大有。幼時從唐榷使英學八分書。能背通鑑。度曲應笙笛四聲。蘇州葉天士之孫廣平。精于音律。稱大有爲無雙唱口。許天福。汪府班老旦出身。余維琛勸其改作小旦。三殺三刺。世無其比。後年至五十。仍爲小旦。馬繼美年九十。爲小旦。如十五六處子。王四喜以色見長。每一出場。輒有佳人難再得之歎。

徐班以外。則有黃張汪程諸內班。程班三面周君美。與郭耀宗齊名。君美卽陳嘉言之壻。盡得其傳。正生石湧塘。學陳雲九風月一派。後入江班。與朱治東演獅吼紀梳粧跪池。風流絕世。大面馮士奎。以水滸記劉唐擅場。韓興周以紅黑面擅場。老生王采章卽張德容一派。小旦楊二觀。上海人。美姿容。上海產水蜜桃。時人以比其貌。呼之爲水蜜桃。家殷富好串小旦。後由程班入江班。成老名工。老外倪仲賢有王丹山氣度。老旦王景山。眇一目。上場用假眼睛。如真眼後歸江班。黃班三面顧天一。以武大郎擅場。通班因之演義俠記全本。人人爭勝。遂得名。嘗于城隍廟演戲神前。鬮連環記。臺下觀者大聲鼓噪。以必欲演義俠記。不得已演。至服毒。天一忽墜臺下。觀者以爲城隍之靈。年八十餘。演鳴鳳記。報官腰脚。如二十許人。張班老外張國相。工於小戲。如西樓記拆書之周旺。西廂記惠明寄書之法本。稱最。近年八十餘。猶演宗澤交印。神光不衰。老生程元凱。爲朱文元高弟子。寫本諸齣。得其真傳。劉天祿小唱出身。後師余維琛。爲名老生。兼工琵琶。其彈詞一齣稱最。張明祖爲小生。與

洪班之張陳周朱

沈明遠齊名。後從其父爲洪班教師。三面顧天祥。以羊肚盜甲。鸞釵朱義爲絕技。同時謝天成爪指最長。亦工羊肚諸技。大面陳小扛。爲馬美臣一派。小旦馬大保。爲美臣子。色藝無雙。演占花魁醉歸。有嬌鳥依人最可憐之致。老旦張廷元。小丑熊如山。精于江湖十八本。後爲教師。老班人多禮貌之。汪穎士本海府班串客。後爲教師。論沒手身段。如邯鄲夢雲陽。漁家樂羞父。最精。善相術。閒于茶肆中爲人相面。

洪班。半徐班舊人。老生張德容之後。爲陳應如。應如本織造府書吏。爲海府班串客。因入是班。次之周新如。以四聲猿狂鼓吏得名。又次之則朱文元。文元小名巧福。爲程伊先之徒。演邯鄲夢全本。始終不懈。先在徐班。以年未五十。故無所表見。至洪班。則聲名藹

吳大有與朱文元

小生汪建周沝明遠

起。班中人稱爲戲忠臣。
徐班散後。脚色歸蘇州。值某榷使拘之。入織造府班。
迨洪班起。諸人相繼得免。惟吳大有。朱文元二人。總
管府班。不得免。家益貧。交益深。乃相約此生終始同
班。逾年。文元逸去。入洪班。三年乃歸。大有偵知之。拘
入府班。十年。是時大有家漸豐。文元貧欲死。挽大有
之友代謝罪。大有恨其背己。而知其貧也。乃求于榷
使罷之。遂歸德音班。先是文元去後。洪班遂無老生。
不得已以張班人代之。及江班起。更聘劉亮彩入班。
亮彩爲君美子。以醉菩提全本得名。而江鶴亭嫌其
吃字。終以不得文元爲憾。及文元罷府班來。鶴亭喜
甚。乃舟甫抵岸。猝暴卒。
小生汪建周。一字不識。能講四聲。李文益丰姿綽約。

珍做朱版印

氷雪聰明。演西樓記于叔夜。宛似大家子弟。後在蘇州集秀班。與小旦王喜增串紫釵記陽關折柳。情致纏綿。令人欲泣。沈明遠師張維尚。舉止酷肖。惟聲音不類。後入江班。

白面洪季保紅黑面張明誠

白面以洪季保擅場。紅黑面以張明誠擅場。明誠爲明祖之弟。本領平常。惟羅夢一齣。善作句容人聲口爲絶技。

任瑞珍師弟

任瑞珍自史菊官死後。遂臻化境。詩人張樸存嘗云。每一見瑞珍。令我整年不敢作泣字韵詩。其徒吳仲熙。小名南觀。聲入霄漢。得其激烈處。吳端怡態度幽閑。得其文靜處。至人獸關掘藏一齣。端怡之外無人矣。後南觀入程班。端怡入張班。繼入江班。

老外孫九皐周維伯

老外孫九皐。年九十餘。演琵琶記遺囑。令人欲死。同

老旦費坤元

副淨陳殿章惡軟小丑丁秀容孫世華

小旦余紹美金德輝及范三觀潘祥齡

江班三通人

時法揆趙聯璧齊名。周維伯曲不入調。身段闌珊。惟能說白而已。

老旦費坤元。本蘇州織造班。海府串客。頤上一痣。生毛數莖。人呼爲一撮毛。謌喉清腴。脚步無法。

副淨陳殿章。細膩工緻。世無其比。惡軟以冷勝。演鮫綃記寫狀一齣。稱絶技。惡軟蘇州人。忘其姓名。小丑丁秀容。打諢插科。令人絶倒。孫世華唇不掩齒。觸處生趣。獨不能扮武大郎。宋獻策。人呼爲長脚小花面。

小旦余紹美。滿面皆麻。見者都忘其醜。金德輝步其後塵。不相上下。范三觀工小兒戲。如安安小官人之類。啼笑皆有可憐之態。潘祥齡神光離合。乍陰乍陽。號四面觀音。德輝後入德音班。

江班亦洪班舊人。名曰德音班。江鶴亭愛余維琛風

小旦朱野東老生劉亮彩

副末俞宏源

大面王朱二面姚沈

度。令之總管老班。常與之飲。及葉格戲。謂人曰。老班有三通人。吳大有。董掄標。余維琛也。掄標。美臣子。能言史事。知音律。牡丹亭記柳夢梅手未曾一出袍袖。小旦朱野東。小名麒麟觀。善詩。氣味出諸人右。精於梵夾。常欲買庵自居。老生劉亮彩。小名三和尚。吃字如書家渴筆。自成機軸。工爛柯山朱買臣。副末沈文正。俞宏源。並稱。宏源演一捧雪中莫成。謂之中到邊。善飲酒。徹夜不醉。鼻子如霜後柹。大面王炳文。說白身段。酷似馬文觀。而聲音不宏。朱道生工尉遲恭。揚鞭一齣。今失其傳。二面姚瑞芝。沈東標。齊名。稱國工。東標蔡婆一齣。即起高東嘉于地下。亦當含毫邈然。趙雲崧甌北集中。有康山席上贈謌者王炳文沈東標七言古詩。

王金周董

范松年與嘯技

王喜增姿儀性識。特異于人。詞曲多意外聲。清響飄動梁木。金德輝演牡丹亭尋夢療妬羹題曲。如春蠶欲死。周仲蓮喜天門陣產子。翡翠園盜令牌。蝴蝶夢劈棺。每一梳頭。令舉座色變。董壽齡工爲侍婢。所謂倩婢。鬆婢。淡婢。逸婢。快婢。疏婢。通婢。秀婢。無態不呈。

大面范松年。爲周德敷之徒。盡得其叫跳之技。工水滸記評話。聲音容貌。摸寫殆盡。後得嘯技。其嘯必先斂之。然後發之。斂之氣沉。發乃氣足。始作驚人之音。繞于屋梁。經久不散。散而爲一溪秋水。層波如梯。如是又久之。長韻嘹亮不可遏。而爲一聲長嘯。至其終也。仍嘐嘐然作洞穴聲。中年入德音班。演鐵勒奴。蓋于一部。有周德敷再世之目。其徒奚松年。爲洪班大面。聲音甚宏。而體段不及。

二面蔡茂根小丑滕蒼洲

洪班全部脚色

二面蔡茂根。演西廂記法聰。瞪目縮臂。縱膊埋肩。搖首踟躕。興會飈舉。不覺至僧帽欲墜。斯時舉座恐其露髮。茂根顏色自若。小丑滕蒼洲。短而肥。戴烏紗。衣皂袍。着朝靴。絶類虎邱山拔不倒。

洪班副末二人。俞宏源及其子增德。老生二人。劉亮彩。王明山。老外二人。周維柏。楊仲文。小生三人。沈明遠。陳漢昭。施調梅。大面二人。王炳文。奚松年。二面二人。陸正華。王國祥。三面二人。滕蒼洲。周宏儒。老旦二人。施永康。管洪聲。正旦二人。徐耀文。及其徒王順泉。小旦則金德輝。朱冶東。周仲蓮。及許殿章。陳蘭芳。孫起鳳。季賦琴。范際元諸人。周維柏。善外科。施藥不索謝。敬惜字紙。遇凶災之年。則施棺櫬。此又班中之好施者也。

後場一曰場面。以鼓爲首。一面謂之單皮鼓。兩面則
謂之鞞鼙鼓。名其技曰鼓板。鼓板之座在上鬼門椅
前有小搭脚仔。櫈椅後屏上繫鼓架。鼓架高二尺二
寸七分。四脚方一寸二分。上雕淨瓶頭高三寸五分。
上層穿枋仔四八根。下層八根。上層雕花板。下層下
縧環。柱子橫檔仔尺寸同。單皮鼓例在椅右下枋。鞞
鼙鼓與板例在椅屏間。大鼓箭二。小鼓箭一。在椅墊
下。此技徐班朱念一爲最。聲如撒米。如白雨點。如裂
帛破竹。一日登場時。鼓箭爲人竊去。將以困之也。念
一曰。何不竊我手去。後入洪班。其徒季保官左手繫
鼓。右手按板。技如其師。而南曲熨貼處不逮遠甚。後
自京病廢歸。江班張班陸松山。亦左手繫鼓。江班又
有孫順龍。洪班有王念芳。戴秋朗。皆以鼓板著名。弦

子之座後於鼓板。弦子亦鼓類。故以面稱。弦子之職兼司雲鑼鎖哪大鐃。此技有二絶。其一在做頭斷頭。曲到字出音存時謂之腔。弦子高下急徐謂之點子。點子隨腔爲做頭。至曲之句讀處。如昆吾切玉。爲斷頭。其一在弦子讓鼓板。板有沒板。贈板。撤贈。撤板之分。鼓隨板以呈其技。若弦子復隨鼓板以呈其技。于鼓板空處下點子。謂之讓。惟能讓鼓板。乃可以蓋鼓板。即俗之所謂清點子也。此技徐班唐九州爲最。九州本蘇州祝獻出身。無曲不熟。時人呼爲曲海。同時薛貝琛曲文不能記半句。登場時無不合拍。時人呼爲仙手。今洪班則楊升聞爲最。升聞小名通匾頭。九州之徒盡得其傳。其次則陸其亮。璩萬資二人。笛子之人在下鬼門。例用雌雄二笛。故古者笛床二枕。笛托二柱。若備用之笛多。繫椅屏上。笛子之職兼司小鈸。此技有二絶。一曰熟。一曰軟。熟則諸家唱法無一不合。軟則細緻縝密。無處不入。此技徐班許松如爲最。松如口無一齒。以銀代之。吹時鑲于斷齶上。工尺寸黍不爽。次之戴秋閬最著。莊有齡以細膩勝。郁起英以雄渾勝。皆入江班。有齡指離笛門不過半黍。今洪班則陳聚章。黄文奎二人。笙之座後于笛。笙之職亦兼鎖哪。笙爲笛之輔。無所表見。故多于吹鎖哪時。較弦子上鎖哪先出一頭。其實用單小鎖哪。若大江東去之類。仍爲弦子掌之。戲場棹二椅四。棹陳列若丁字。椅分上下兩鬼門。八字列。場面之立而不坐者二。一曰小鑼。一曰大鑼。小鑼司戲中棹椅床櫈。亦曰走場。兼司叫顙子。大鑼例在上鬼門。爲鼓板上支鼓

土班堂戲臺戲火班

京秦二腔與春臺班

架子。是其職也。至于號筒。啞叭。木魚。湯鑼。則戲房中人代之。不在場面之數。

郡城花部。皆係土人。謂之本地亂彈。此土班也。至城外邵伯。宜陵。馬家橋。僧道橋。月來集。陳家集人。自集成班。戲文亦間用元人百種。而音節服飾極俚。謂之草臺戲。此又土班之甚者也。若郡城演唱。皆重崑腔。謂之堂戲。本地亂彈祇行之祀禱。謂之臺戲。迨五月崑腔散班。亂彈不散。謂之火班。後句容有以梆子腔來者。安慶有以二簧調來者。弋陽有以高腔來者。湖廣有以羅羅腔來者。始行之城外四鄉。繼或于暑月入城。謂之趕火班。而安慶色藝最優。蓋于本地亂彈。故本地亂彈間有聘之入班者。京腔用湯鑼。不用金鑼。秦腔用月琴。不用琵琶。京腔本以宜慶萃慶集慶爲上。自四川魏長生以秦腔入京師。色藝蓋于宜慶萃慶集慶之上。于是京腔效之。京秦不分。迨長生還四川。高朗亭入京師。以安慶花部合京秦兩腔。名其班曰三慶。而曩之宜慶萃慶集慶遂湮沒不彰。郡城自江鶴亭徵本地亂彈。名春臺。爲外江班。不能自立門戶。乃徵聘四方名旦。如蘇州楊八官。安慶郝天秀之類。而楊郝復採長生之秦腔。幷京腔中之尤者。如滾樓。抱孩子。賣餑餑。送枕頭之類。于是春臺班合京秦二腔矣。

熊肥子

熊肥子演大夫小妻。打門吃醋。曲盡閨房兒女之態。

戲妖

樊大。睅其目。而善飛眼。演思凡一齣。始則崑腔。繼則梆子。羅羅。弋陽。二簧。無腔不備。議者謂之戲妖。

儀徵小鄭

儀徵小鄭。本救生船中篙師之子。生而好學婦人。其

坑死人

楊八官謝壽子陸三官

謝瑞卿演閻婆惜成派

魏三兒

父怒。投之江。不死。流落部中。爲旦。後舍其業。販繒。死于水。

郝天秀。字曉嵐。柔媚動人。得魏三兒之神。人以坑死人呼之。趙雲崧有坑死人歌。

長州楊八官。作盛夏婦人私室宴息。迫于強暴和尚。幾爲所汚。謂之打盞飯。謝壽子扮花鼓婦。音節淒婉。令人神醉。陸三官花鼓得傳。而熟于京秦兩腔。

京師萃慶班謝瑞卿。人謂之小耗子。以其師名耗子而別之也。工水滸記之閻婆惜。每一登場。座客親爲傅粉。狐裘羅綺。以不得粉漬爲恨。關大保演閻婆婦。效之。自是揚州有謝氏一派。

四川魏三兒。號長生。年四十。來郡城。投江鶴亭。演戲一齣。贈以千金。嘗泛舟湖上。一時聞風。妓舸盡出。畫槃相擊。溪水亂香。長生舉止自若。意態蒼涼。

凡花部脚色。以旦丑跳蟲爲重。武小生大花面次之。若外末。不分門。統謂之男脚色。老旦正旦不分門。統謂之女脚色。丑以科諢見長。所扮備極局騙俗態。拙婦騃男。商賈刁賴。楚咻齊語。聞者絕倒。然各囿于土音鄉談。故亂彈致遠。不及崑腔。惟京師科諢皆官話。故丑以京腔爲最。如凌雲浦本世家子。工詩善書。而一經傅粉登場。喝采不絕。廣東劉八。工文詞。好馳馬。因赴京兆試。流落京腔。成小丑絕技。此皆余親見其極盛。而非土班花面之流亞也。吾鄉本地亂彈小丑。始于吳朝萬打岔。其後張破頭。張三網。痘張二。鄭士倫輩。皆效之。然終止于土音鄉談。取悅于鄉人而已。終不能通官話。近今春臺聘劉八入班。本班小丑效

旦與跳蟲

之。風氣漸改。劉八之妙。如演廣舉一齣。嶺外舉子赴禮部試。中途遇一腐儒同宿旅店。爲羣妓所誘。始則演論理學。以舉人自負。繼則爲聲色所惑。衣巾盡爲騙去。曲盡迂態。又有毛把總到任一齣。爲把總以守汛之功。開府作副將。當其見經略爲畏縮狀。臨兵丁作傲倨狀。見屬兵陞總兵作欣羡狀。妬狀。愧耻狀。自得開府作謝恩感激狀。歸晤同僚作滿足狀。述前事作勞苦狀。教兵丁鎗箭作發怒狀。揖讓時作失儀狀。聞經略呼作驚愕錯落狀。曲曲如繪。惟勝春班某丑效之。能仿佛其五六。至廣舉一齣。竟成廣陵散矣。本地亂彈。以旦爲正色。丑爲閒色。正色必聯閒色爲侶。謂之搭夥。跳虫又丑中最貴者也。以頭委地。翹首跳道及鎚鐧之屬。張天奇。岑賡峽。郝天。郝三。皆其最

江湖行頭與內班行頭

也。虞峽名仙磊落。不受鄉里睚眦。年四十。厚積數萬。施之梵覺禪寺。造萬佛樓。建坐韋馱殿。闢羣芳圃。護火焚晉樹二株。鑄大鐵鑊。飯行脚僧。趺坐念佛。不拘僧相。自稱曰岑道人。郝三曾隨福貝子康安征臺灣。半年而返。劉歪毛本春臺班二面。後爲僧。赤足被袈裟。敲雲板。高聲念南無藥師琉璃光如來佛。得錢則轉施丐者。或放生。數年。坐化于高旻寺。

戲具謂之行頭。行頭分衣盔雜把四箱。衣箱中有大衣箱。布衣箱之分。大衣箱文扮則富貴衣。即窮衣。五色蟒服。五色顧繡披風。龍披風。五色顧繡青花五彩綾緞襖褶。大紅圓領。辭朝衣。八卦衣。雷公衣。八仙衣。百花衣。醉楊妃。當場變。補套藍衫。五綵直擺。太監衣。錦緞敞衣。大紅金梗。一樹梅。道袍。綠道袍。石青雲緞掛袍。青素衣。袈裟。鶴氅。法衣。鑲領袖。雜色夾緞襖。大紅雜色紬小襖、武扮則扎甲。大披掛。小披掛。丁字甲。排鬚披掛。大紅龍鎧。番邦甲。綠蟲甲。五色龍箭衣。背搭。馬褂。劊子衣。戰裙。女扮則舞衣。蟒服。襖褶。宮裝。宮搭。採蓮衣。白蛇衣。古銅補子。老旦衣。素色老旦衣。梅香衣。水田披風。採蓮裙。白綾裙。帕裙。綠綾裙。秋香綾裙。白繭裙。又男女襯褶衣。大紅褲。五色顧繡褲、棹圍。椅披。椅墊。牙笏。鸞帶。絲線帶。大紅紡絲帶。紅藍絲綿帶。絲線帶、絹線腰帶、五色綫、手巾、巾箱。印箱。小鑼。鼓板、弦子、笙。笛、星湯、木魚。雲鑼、布衣箱則青海衿、紫花海衿。青箭衣。青布褂。印花布棉襖。敞衣。青衣、號衣。藍布袍。安安衣。大郎衣。斬衣。鬃色老旦衣。漁婆衣。酒招。牢子帶、盔箱文扮、平天冠、堂帽、紗貂。圓尖翅、尖尖翅。

葷素八仙衣。汾陽帽。諸葛巾。判官帽。不論巾。老生巾。小生巾。高方巾。公子巾。淨巾。綸巾。秀才巾。蛎聊巾。圓帽。吏典帽。大縱帽。小縱帽。皂隸帽。農吏帽。梢子帽。回回帽。牢子帽。涼冠。涼帽。五色氊帽。草帽。和尚帽。道士冠。武扮。紫金冠。金扎鐙。銀扎鐙。水銀盔。打仗盔。金銀冠。二郎盔。三義盔。老爺盔。周倉帽。中軍帽。將巾。抹額。過橋。勒邊。雉雞毛。武生巾。月牙金箍。漢套頭。青衣扎頭。箍子。冠子。女扮。觀音帽。昭容帽。大小鳳冠。妙常巾。花帕扎頭。湖縐包頭。觀音兜。漁婆纏。梅香絡。翠頭髻。銅餅子簪。銅萬卷書。銅耳挖。翠抹眉。蘇頭髮。及小旦簡粧。雜箱。鬍子則白三髯。黑三髯。蒼三髯。白滿髯。黑滿髯。蒼滿髯。虬髯。落腮。白吊。紅飛鬢。黑飛鬢。紅黑飛鬢。辮結。一撮一字。靴箱則蟒襪。粧緞棉襪。白綾襪。皂緞靴。戰靴。老爺靴。男大紅鞋。雜色綵鞋。滿幇花鞋。綠布鞋。踹塲鞋。僧鞋。旗包則白綾護領。粧緞紮袖。五色紬繖。連幌腰子。小絡斗。連幌幌子。人車搭旗。背旗。飛虎旗。月華旗。帥字旗。清道旗。精忠報國旗。認軍旗。雲旗。水旗。蜘蛛網。大帳前。小帳前。布城。山子乂。加官臉。皂隸臉。雜鬼臉。西施臉。牛頭馬面。獅子全身。玉帶。數珠。馬鞭。拂塵。掌扇。宮燈。疊摺扇。紈扇。五色串枝花鼓。花鑼。花棒槌。大蒜頭。勅印。虎皮令箭。架令牌。虎頭牌。文書。錋硯。籤筒。梆子。手靠。鐵鍊。招標。撕髮。人頭。草鸞帶。燭臺。香爐。茶酒壺。筆硯。筆筒。書。水桶。薦。枕。龍劍。掛刀。短把子刀。大鑼。鎖哪。啞叭。號筒。把箱則鑾儀兵器備焉。此之謂江湖行頭。鹽務自製戲具。謂之內班行頭。自老徐班全本琵琶記。請郎花燭則用紅全堂。風木餘恨則用白全堂。備極其盛。他如大張班長生殿用黃全堂。小程班三國志用綠蟲全堂。小張班十二月花神衣價至萬金。百福班一齣北餞。十一條通天犀玉帶。小洪班燈戲。點三層牌樓。二十四燈戲箱。各極其盛。若今之大洪春臺兩班。則聚衆美而大備矣。

程志輅字載勳。家巨富。好詞曲。所錄工尺曲譜十數櫥。大半爲世上不傳之本。凡名優至揚。無不爭欲識。有生曲不諳工尺者。就而問之。子澤。字麗文。工于詩。而工尺四聲之學。尤習其家傳。納山胡翁嘗入城。訂老徐班。下鄉演關神戲。班頭以其村人也。紿之曰。吾此班每日必食火腿及松蘿茶。戲價每本非三百金不可。胡公一一允之。班人無已。隨之入山。翁故善詞曲。尤精于琵琶。于是每日以三百金置戲臺上。火腿

詩文會後聽曲

松蘿茶之外。無他物。日演琵琶記全部。錯一工尺。則翁拍界尺叱之。班人乃大慚。又西鄉陳集嘗演戲。班人始亦輕之。既而笙中簧壞。吹不能聲。甚窘。詹政者。山中隱君子也。聞而笑之。取笙爲點之。音響如故。班人乃大駭。詹徐徐言。數日所唱曲。某字錯。某調亂。羣優皆汗下無地。胡翁久沒。詹亦下世。惟程載勳尚存。然亦老且貧。曲本亦漸散失。德音班諸工尺。汪損之嘗求得錄之。不傳之調。往往而有也。

揚州詩文之會。以馬氏小玲瓏山館。程氏篠園。及鄭氏休園。爲最盛。至會期。于園中各設一案。上置筆二。墨一。端研一。水注一。箋紙四。詩韻一。茶壺一。碗一。菓盒茶食盒各一。詩成卽發刻。三日內尚可改易重刻。出日。徧送城中矣。每會酒殽俱極珍美。一日共詩成矣。請聽曲。邀至一廳。甚舊。有綠琉璃四。又選老樂工四人至。均沒齒禿髮。約八九十歲矣。各奏一曲而退。倏忽間。命啟屏門。門啟。則後二進皆樓。紅燈千盞。男女樂各一部。俱十五六歲妙年也。(下略)

陳鳳姑唱九轉貨郎兒

居紵山。名春金。字名求。長洲人。父居屠。住花巷。好勇。善泅水。少與羣兒浴于河。戲殺一兒。繫之獄。十年。乃歸。生春金。爲聘舟通橋陳氏女鳳姑爲婦。及長。善清唱。十六入京師。充某相府十番鼓。以自彈琵琶唱九轉貨郎兒得名。(下略)

鄔掄元教曲

蘇州鄔掄元。善弄笛。寓合欣園。名妓多訪之。掄元遂教其度曲。由是妓家詞曲。皆出于鄔。妓家呼之爲鄔先生。時人呼爲烏師。

鄒必顯爲黃鶯兒

鄒必顯。以揚州土語編輯成書。名之曰揚州話。又稱飛跎子書。先居姜家墩。後移住二敵臺。性温暾。寡言笑。偶一雅謔。舉座絕倒。時爲打油詩。黃鶯兒。人多傳之。後患噎食病。鬻棺。自書一詩。以題其和。

顧阿夷吳門人。徵女子爲崑腔。名雙清班。延師教之。初居小秦淮客寓。後遷芍藥巷。班中喜官尋夢一齣。即金德輝唱口。玉官爲小生。有男相。巧官眉目疏秀。博涉書籍。爲紗帽小生。自製宮靴。落落大方。小玉爲喜官之妹。喜作崔鶯鶯。小玉輒爲紅娘。喜作杜麗娘。小玉輒爲春香。互相評賞。金官憑人傲物。班中謂之鬥虫。而以之演相約相罵。如出鬼斧神工。徐狗兒清拔文雅。羸瘦玉削。飲食甚微。坐戲房如深閨。一出歌臺。便居然千金閨秀。二喜爲人矜莊。一遇稀姓生客。輒深嚬蹙頞。故其技不工。顧美爲阿夷女。淩獵人物。

班中讓之。而有離心焉。二官作趙五娘。咬薑呷醋。神理親切。龐喜作老旦。垂頭似雨中鶴。魚子年十二。作小丑。骨法靈通。伸縮間各得其任。季玉年十一。雲情雨意。小而了了。秀官人物秀整。端正寡情。所作多節烈故事。閒時藏手袖間。徐行若有所觀。丰神自不可一世。康官少不慧。涕淚狼藉。而聲音清越。教曲不過一度。使其演癡訴。點香甫出歌臺。滿座歎其癡絕。瞽婆顧蜨。粥其女于是班。令其與康官演癡訴。作瞎子。情狀態度。最得神。乃知母子氣類相感。一經揣摩。便成五行之秀。申官酉保姊妹。作雙思凡。黑子作紅綃女。六官作李三娘。皆一班之最。後場皆歌童為之。四官小鑼。又能作大花面。以鬧庄救青為最。其笑如范松年。教師之子許順龍。亦間在班內作正旦。與玉官

顧霞娛工詞曲

金兆燕工散曲

演南浦囑別。人謂之生旦變局。是部女十有八人。場面五人。掌班教師二人。男正旦一人。衣雜把金鑼四人。爲一班。趙雲崧甌北集中有詩云。一夕綠尊重作會。百年紅粉遞當場。謂此。

顧姬行四。字霞娛。工詞曲解詩文。住姜家墩天心庵旁。會錢湘舲三元棨過揚州。于謝未堂司寇公讌席中品題諸妓。以揚小保爲女狀元。霞娛爲女榜眼。揚高爲女探花。下略

金兆燕。字鍾樾。號棕亭。全椒人。父榘。字絜齋。工詩。有泰然齋集。兆燕幼稱神童。與張南華詹事齊名。工詩詞。尤精元人散曲。公延之使署十年。凡園亭集聯及大戲詞曲。皆出其手。中年以舉人爲揚州校官。後成進士。選博士。入京供職。三年。歸揚州。遂館于康山草

謌船

清唱大小喉嚨及串客

堂。著有贈雲軒詩文集。

謌船宜于高棚。在座船前。謌船逆行。座船順行。使船中人得與謌者相款洽。謌以清唱爲上。十番鼓次之。若鑼鼓。馬上撞。小曲。攤簧。對白。評話之類。又皆濟勝之具也。

清唱以笙笛鼓板三絃爲場面。貯之於箱。而氍毹。笛床。笛膜盒。假指甲。阿膠。絃線。鼓箭具焉。謂之傢伙。每一市會。爭相鬬曲。以畫舫停篙就聽者多少爲勝負。多以熙春臺。關帝廟。爲清唱之地。李嘯村詩云。天高月上玉繩低。酒碧燈紅夾兩堤。一串謌喉風動水。輕舟圍住畫橋西。謂此。郡城風俗。好度曲而不佳。繩以元人絲竹辨譌。度曲須知諸書。不啻萬里。元人唱口。元氣淋漓。直與唐詩宋詞爭衡。今惟臧晉叔編百種行于世。而晉叔所改四夢。是孟浪之舉。近時以葉廣平唱口爲最著。納書楹曲譜爲世所宗。其餘無足數也。清唱以外。淨老生爲大喉嚨。生旦詞曲爲小喉嚨。丑末詞曲爲小大喉嚨。揚州劉魯瞻工小喉嚨。爲劉派。兼工吹笛。嘗游虎邱。買笛。搜索殆盡。笛人云有一竹。須待劉魯瞻來。魯瞻以實告。遂出竹。吹之。曰。此雌笛也。復出一竹。魯瞻以指擫之。相易而吹。聲入空際。指笛相謂曰。此竹不換吹。則不待曲終而笛裂矣。笛人舉一竹以贈。其唱口小喉嚨。揚州惟此一人。大喉嚨以蔣鐵琴。沈苕湄。二人爲最。爲蔣沈二派。蔣本鎮江人。居揚州。以北曲勝。小海呂海驢師之。沈以南曲勝。姚秀山師之。其次陳愷元一人。直隸高雲從。居揚州有年。唱口在蔣沈之間。此揚州大喉嚨也。蘇州張九思爲韋蘭谷之徒。精熟九宮。三弦爲第一手。小喉嚨最佳。江鶴亭延之於家。佐以鄒文元鼓板。高崑一笛。爲一局。朱五韺師事九思。得其傳。王克昌唱口。與九思抗衡。其串戲爲吳大有弟子。蘇州大喉嚨之在揚州者。則有二面鄒在科。次之王炳文。炳文小名天麻子。兼工絃詞。善相法。爲高相國門客。按清唱鼓板。與戲曲異。戲曲緊。清唱緩。戲曲以打身段下金鑼爲難。清唱無是苦。而有生熟口之別。此技蘇州顧以恭爲最。先在程端友家。繼在馬秋玉家。與教師張仲芳。同譜五香毬傳奇。次之周仲昭。許東暘二人。與文元並駕。揚州以莊氏龍生道士兄弟。鼓板三弦合手。成名工。次之湯殿颺一人。蘇州葉雲升笛。與崑一齊名。兼能點竄工尺。從其新譜。次之邱御高。能點新曲。兼識古器。皆雲升流亞。今大喉嚨之效蔣沈二派者。戴翔翎。孫務恭二人。皆蘇州人。而揚州絕響矣。串客本於蘇州海府串班。如費坤元陳應如。出其中。次之石塔頭串班。余蔚村出其中。揚州清唱既盛。串客乃興。王山靄。江鶴亭。二家最勝。次之府串班。司串班。引串班。邵伯串班。各占一時之勝。其中劉祿觀以小唱入串班。爲內班老生。葉友松以小班老旦入串班。後得瓜張插花法。陸九觀以十番子弟入串班。能從吳暮橋讀書。皆其選也。

小唱以琵琶。絃子。月琴。檀板。合動而謌。最先有銀鈕絲。四大景。倒扳槳。剪靛花。吉祥草。倒花藍。諸調。以劈破玉爲最佳。有于蘇州虎邱唱是調者。蘇人奇之。聽者數百人。明日來聽者益多。唱者改唱大曲。羣一噱

鄭玉本善大小曲

而散。又有黎殿臣者。善爲新聲。至今效之謂之黎調。亦名跌落金錢二十年前。尚哀泣之聲。謂之到春來。又謂之木蘭花。後以下河土腔唱剪靛花。謂之網調。近來羣尚滿江紅。湘江浪。皆本調也。其京舵子。起字調。馬頭調。南京調之類。傳自四方。間亦效之。而魯斤燕削。遷地不能爲良矣。于小曲中加引子尾聲。如王大娘。鄉里親家母諸曲。又有以傳奇中牡丹亭。占花魁之類。譜爲小曲者。皆土音之善者也。陳景賢善小曲兼工琵琶。人稱爲飛琵琶。潘五道士能吹無底洞簫。以和小曲。稱名工。蘇州牟七以小唱冠江北。後多鬚鬢。人稱爲牟七鬍子。

鄭玉本儀徵人。近居黃珏橋。善大小諸曲。嘗以兩象箸敲瓦碟作聲。能與琴箏簫笛相和。時作絡緯聲。夜

雨聲落葉聲滿耳蕭瑟令人惘然
玉版橋王廷芳茶棹子最著與雙橋賣油糍之康大合本各用其技遊人至此半饑茶香餅熟頗易得錢
玉版橋乞兒二一乞剪紙爲旗揭竹竿上作報喜之詞一乞家業素豐以好小曲蕩盡至于丐乃作男女相悅之詞爲小郎兒曲相與友善共在堤上每一船至先進小郎兒曲曲終繼之以報喜音節如樂之亂章人艷聽之小郎兒曲卽十二月採茶養蠶諸歌之遺呢呢兒女語恩怨相爾汝詞雖鄙俚義實和平非如市井中小唱淫靡媚褻可比予嘗三遊珠江近日軍工廠有揚浜問之土人皆云揚妓有金姑最麗因坐小艇子訪之甫聞其聲乃知爲裏河網船中冒作揚妓者其唱則以是曲爲土音嶺外傳之及于惠潮

與木魚布刀諸曲相埒。郡中剞劂匠多刻詩詞戲曲爲利。近日是曲翻板數十家。遠及荒村僻巷之星貨鋪。所在皆有。乃知聲音之道。感人深也。

跌成。古博戲也。時人謂之拾博。用三錢者爲三星。六錢者爲六成。八錢者爲八叉。均字均幕爲成。四字四幕爲天分。天分必幕與幕偶。字與字偶。長一尺。不雜不斜。以此爲難。蓋跌成之戲。古謂之純。元李文蔚有燕青博魚曲。其詞云。憑着我六文家銅鏝。又云。你若是博呵。要五純六純。五純今謂之拘一。六純即大成。又爲金盞兒曲云。比及五陵人先頂禮二郎神。哥也你便博一千博我這肐膊也無些兒困。我將那竹根的蠅拂子綽了這地皮塵。不要你蹲着腰虛土裏縱。疊着指漫磚上磤。則要你平着身往下撇。不要你探着手可便往前分。又油葫蘆曲云。則這新染來的頭錢不甚昏。可不算先道的准。手心裏明明白白擺定一文文。呀呀呀。我則見五個鏝兒乞丟磕塔穩。更和一個字兒急溜骨碌滾。謊的我咬定下唇。掐定指紋。又被這個不防頭愛撇的輒兒隱。可是他便一博六渾純。二曲摹寫極工。此技遍于湖上。是地更勝。所博之物。以茉莉玫瑰二花最多。四時不絕。則水老鼠。

艾塘曲錄終

西廂曲題制義

還魂記

書隱曲說

清吳江袁棟撰

本朝尤展成侗。作西廂曲題。怎當他臨去秋波那一轉制義。流傳都下。宮中傳呼爲才子。世祖心賞焉。謂弘覺師曰。請和尚下一轉語。天岸師曰。不風流處也風流。又翻出一重公案矣。

睽車志曰。有士人寓迹三衢佛寺。忽有女子夜入其室。詢其所從來。輒云所居在近。士人惑之。自此比夜爲至。居月餘。乃曰。妾乃前郡倅馬公之女。小字絢娘。死于公廨。叢塗于此。今將還生。君可具斤鍤夜密發棺。當如熟寐。君但呼我小字。當微開目。放令就寢。既寤。即復生矣。再生之日。君之賜也。士人如其言果再生。且曰。此不可居矣。辦裝遁去。其後馬倅來衢遷葬此女。視殯有損。棺空無物。大驚。問官。莫知所以。有一僧默疑數歲前士人物色訪之。得之湖湘間。士人先孑然。復疑其有妻子。問其所娶。則云馬氏女也。因逮士人。問得妻之由。女曰。可併以吾書寄父。父遣老僕往視。女出與語。問家人良苦。無一遺誤。士人略述本末。而隱其發棺一事。馬亦惡其涉怪。不復終詰。亦忌見其女。第遣人問勞之而已。湯若士牡丹亭乃全用其事。

唐牛僧孺有子名繁。與其同鄉人蔡生同舉進士。才蔡生、欲以女弟適之。蔡以有妻趙氏。力辭不得、牛氏與趙相與甚歡、高則誠琵琶記以劉後村有死後是非誰管得。滿村聽唱蔡中郎之句。因編成之。用雪伯喈之恥。後人有以王四事擬之者。未知然否。

世所演西樓記傳奇。乃吳郡袁籜菴所填詞。沈同和雄豪一鄉。凡新到妓女。必先爲謁見。穆素徽者。頗有才貌。且年甚少。循例謁沈。是時適有文會。袁生亦在焉。席半。袁頗眷穆。穆亦心許之。私語移時。沈爲不懌。促之入座。終席而罷。袁生自是快快失志。如崔千年之于紅綃妓也。有門下客馮某者。喜任俠。有膽力。揣袁之情。聞袁之語。慷慨自負。以必得素徽爲報。先是沈生屢呼穆同遊。穆頗厭之。是日沈與穆又同遊虎阜。馮單身徑造沈舟。負穆而去。僕從不能當也。沈甚不平。爲興訟焉。袁生之父懼。送子繫獄。袁生于獄惆悵無聊。爲作傳奇。袁乃于鵑切也。西樓至今尚在吳江縣城外。

前有恨賦。後有反恨賦。以前人之所恨者。一一而反之于正。使人心快然也。傳奇有精忠記。復有倒精忠。中演岳飛直搗黃龍府。迎取二聖還朝。奸檜典刑。山河恢復。觀之者田夫販豎。亦爲之快意。一名如是觀謂水月空花。當作如是觀耳。文人學士。又不覺爲之墮淚也。因思秦皇雖無道。而扶蘇當正位而戮高。晉獻雖信讒。而申生宜完身而得國。明皇雖播遷。而梅妃當歸宮而寵愛。建文雖流離。而孝孺宜盡忠而反正。安得見之空言。一一而反其恨乎。女仙外史以谷應泰所言仙乎妖乎之唐賽兒起義山東。糾集向義之舊臣。援救陷冤之患難。空奉建文名號。立闕設官。與永樂爲難。直至榆木川而止。亦快矣哉。

古今所用脚色

演戲脚色。初止爨弄參鶻。元時院本用五人。一曰副

雷峯塔

淨。古謂之參軍。一曰副末。古謂之蒼鶻。一曰引戲。一曰末泥。一曰孤裝。元人百種曲中。有正末沖末副末。老旦。正旦。旦。卜兒。外。淨。丑。又有俫兒。孛老。搽旦。孤。湯若士牡丹亭用八人。末。生。外。老旦。旦。貼。丑。淨。今則用十人。一外。一末。二生。三旦。三淨。

杭州西湖有十景。一曰雷峯夕照。言雷峯峯上之塔。夕陽返照時。觀之如畫圖也。其塔爲火所燎。欄楯簷鈴。一歸烏有。惟餘赤色磚甓幾層。若禿鎚之卓地者。然考之傳記。峯名雷者。以里人雷就居之得名。後爲寺。吳越王妃建塔于上。宋亡時。兵燹寺毀。而塔亦半廢。如今之狀。相傳下有二魚精潛焉。而世乃謂僧建塔以鎮怪。雷遶塔而制怪也。稗官之不已。且作傳奇。而遍演矣。毛西河曰。雷峯本名回峯。以山勢回抱得名。塔曰回峯塔。以回雷聲近致訛耳。宋有道士徐立之。築室塔旁。世稱回峯先生。此其名驗也。

輟耕錄曰。千夫長李某戍天台縣日。一部卒妻郭氏有令姿。見之者無不嘖嘖稱賞。李心慕焉。去縣七八十里。有私盜出沒處。李分兵往戍。卒遂在行。既而日至卒家。百計調之。郭氏毅然莫犯。經半載。夫歸。具以白。爲屬所轄。罔敢誰何。一日。李過卒門。卒邀入治茶。忽憶得前事。怒形於色。亟轉身持刃出。而李幸脫走。訴于縣。縣捕繫窮竟。案議持刃殺本部官。罪死。縣桎梏囹圄中。從而邑之惡少年。與官之吏胥皁隸輩。無有不起覬覦之心者。郭氏躬餽食於卒外。閉戶業績紡。以資衣食。人不敢一至其家。久之。府檄調黃巖州。一獄卒葉其姓者至。尤有意於郭氏。乃顧視其卒。日

飲食之情若手足卒感激入骨髓忽傳有五府官出
五府之官所以斬決罪囚者葉報卒知且謂曰汝或
可活我與爲義兄弟萬一不保汝之妻尚少汝之子
若女纔八九歲耳奚以依顧我尚未娶寧肯俾爲我
室乎若然我之視汝子女猶我子女也卒喜諾葉遂
令郭氏私見卒卒謂曰我死有日此葉押獄性柔善
未有妻汝可嫁之郭氏曰汝之死以我之色我又能
二一適以求生乎既歸持二幼痛泣而言曰汝爹行且
死娘死亦在旦夕我兒無所怙恃終必死於飢寒我
今賣汝與人娘豈忍哉蓋勢不容已將復奈何汝在
他人家非若父母膝下比毋仍似是嬌癡爲也天苟
有知使汝成立歲時能以巵酒奠父母則是我有後
矣其子女頗聰慧解母語意抱母而號引裾不肯釋

手。遂攜二兒出市。召人與之。行路亦爲之墮淚。邑人有憐之者。納其子女。贈錢三十緡。郭氏以三之一具酒饌。攜至獄門。謂葉曰。願與夫一再見。葉聽入。哽咽不能語。既而曰。君擾押獄多矣。可用此少禮答之。又有錢若干。可收取自給。我去一富家執作。爲口食計。恐旬日不及看君。故來相別。垂泣而出。走至仙人渡溪水中。危坐而死。此處水極險惡。竟不爲衝激倒仆。人有見之。報之縣。縣官往驗視。得實。皆驚異失色。爲具棺斂。就葬於死所之側山下。又爲申達上司。仍表其墓曰真烈郭氏之墓。大書刻石墓上。至正丙戌。朝廷遣奉使宣撫。循行列郡。廉得其事。原卒之情。釋之。人遂付還子女。終身誓不再娶。雙珠記傳奇本此。

道書云。鈞天樂部萬種。其流人間者琴耳。樂調亦萬

蕭翼賺蘭亭考

牡丹亭內花神

種。其流人間者思一六犯工尺六字耳思。今作四。一今作乙。犯今作凡。又宋朝詞話。有五凡公赤上等語。公赤亦作工尺。

沈存中云。唐太宗力購羲之真迹。惟樂毅論乃右軍親筆。鐫之于石。遂爲昭陵殉葬。後温韜盜發。其石已碎。用鐵束之。皇祐中。在高安世家。李君實云。世以爲蘭亭入昭陵。正坐此帖之誤。蘭亭開皇中已爲祕寶。江都隨行。久付烈熖。蕭翼討賺之說。傳奇幻語。烏足信也。南都新書又爲歐陽詢詐求。非蕭翼也。

湯若士牡丹亭傳奇中有花神。雍正中。李總督衛在浙時。于西湖濱立花神廟。中爲湖山土地。兩廡塑十二花神。以象十二月。陽月爲男。陰月爲女。手執花朵。各隨其月。其像坐立欹望不一。狀貌如生焉。都中都城隍廟儀門塑十三省城隍像。撫州紫府觀眞武殿有六丁六甲神。六丁皆爲女子像。西湖之花神。其亦仿此意歟。今演牡丹亭傳奇者。亦增十二花神焉。

山西聶翁婦虞氏。生一子。商于川。又贅于李氏。亦生一子。因張獻忠入川。李氏子母散失。翁流入滇黔。爲僞弁爲官兵俘獲。纍囚數十輩。撫軍付州刺史聶熊臣鞫之。詢及翁里居姓名。刺史異之。退問母。母令復訊。而己聽于後。呼其子曰。眞而父也。起之囚中。拜哭大慟。慶忭無已。屬員咸賀。刺史觴之。翁亦在席。客問翁何由入滇黔。翁俱本末。又與李吏目里居母子姓名合。李駭甚。歸述于母。母令設醴邀翁。翁至。母出見曰。尚識妾否。爲吏目者。君之子也。刺史乃與吏目序兄弟焉。夫以兩地妻室。異姓兄弟骨肉。一朝完聚無缺。誠異事也。雙金榜傳奇情節略同。大約爲此而發者也。

優伶傳習字音

優伶本屬賤技。然亦有可取者。曲白中之字音也。師教其弟。弟授之師。音當作中州者則中州之。音當作轉注者則轉注之。一一推敲。毫忽不爽焉。

釵釧記

柳鸞英與閻自珍爲腹婚。閻父老家貧。不能聘娶。柳之父欲背盟。鸞英不肯。然度父終渝此盟。乃懇鄰嫗。私約自珍。往後圃取貲。自珍喜。與其師之子劉江劉海具言其故。江海計設酒醉自珍。兄弟如期潛詣柳氏。鸞英已付其貲而小婢識非閻生也。江海恐事洩。遂殺鸞英及婢而去。自珍夜半酒醒。自悔失約。急詣柳圃。時月黑。直入圃中。踐血屍而躓。嗅之腥氣。懼而歸。衣皆沾血。達曙。柳氏覺女被殺。而不知主名。告官。

遍訊及隣嫗。遂首結約事。逮自珍至。血衣尚在。一詞不容辨。已論死。會御史許進巡至。夢鸞英詳訴其冤。明日。召自珍問之。自珍具述江海留飲事。公僞爲見鬼自訴之狀。卽捕二兇訊之。款服。誅于市。遂釋自珍。爲女建坊以表之。自珍後登鄉薦。時人爲作傳奇。今釵釧記是也。

西廂語遒麗得神

昔人臨岐握別。戀戀不忍舍。形于詩歌。邶風云。瞻望弗及。泣涕如雨。王摩詰云。車徒望不見。時見起行塵。歐陽詹云。高城已不見。況復城中人。東坡云。登高回首坡隴隔。時見烏帽出復沒。各極其致。而王實甫西廂曲云。四圍山色中。一鞭殘照裏。尤爲遒麗得神也。

新黃孝子傳奇

吳縣黃向堅父孔昭。于明季時。爲雲南大姚令。鼎革。道阻不得歸。順治中。滇黔漸平。向堅萬里尋親。艱苦備嘗。遇鄞縣錢士驌。亦于明季作廣文于平彝衞而不得歸者。始知其父母俱在白鹽井。兼程而至。喜泣交并。奉之而歸。滇人感其孝。醵金而贈之。蓋徒步周行二萬五千里云。傳奇有新黃孝子者是也。而士驌之子公美。聞其親在。亦間關萬里。而尋親以歸。世徒知黃而不知錢也。

書隱曲說終

兩般秋雨盦曲談

新曲苑第二十六種

清梁紹壬應來撰

琵琶記

高則誠琵琶記。相傳以爲刺王四而作。駕部許周生先生宗彥嘗語余云。此指蔡卞事也。卞棄妻而娶荊公之女。故人作此以譏之。其曰牛相者。謂介甫之性如牛也。余曰。若然。則元人紀宋事。斥言之可耳。何必影借中郎耶。先生曰。放翁詩云。身後是非誰管得。滿村聽唱蔡中郎。據此。斯劇本起於宋時。或東嘉潤色之耳。然則宋之琵琶記爲刺蔡卞。元之琵琶記爲指王四。兩說並存可也。

西樓記

袁籜庵于令以西樓記得名。一日。出飲。歸月下。肩輿過一大姓家。其家方宴客。演霸王夜宴。輿夫曰。如此良宵風月。何不唱繡戸傳嬌語。乃演千金記耶。籜庵狂喜欲絕。幾至墮輿。真賣菜傭奴俱有六朝烟水氣也。

小說傳奇

小說起於宋仁宗時。太平已久。國家閒暇。日進一奇怪之事以娛之。名曰小說。而今之小說則紀載矣。傳奇者。裴鉶著小說。多奇異可以傳示。故號傳奇。而今之傳奇則曲本矣。

飲酒讀騷圖

吳蘋香女史初好讀詞曲。或勸之曰。何不自作。遂援筆賦浪淘沙一闋云。蓮漏正迢迢。涼館燈挑。畫屏秋冷一枝簫。真箇曲終人不見。月轉花梢。何處暮砧敲。黯黯魂銷。斷腸詩句可憐宵。欲向枕根尋舊夢。夢也無聊。輕圓柔脆。脫口如生。一時湖上名流。傳誦殆徧。自後遂肆力長短句。不二年。著花簾詞一卷。逼真漱玉遺音。又常作飲酒讀騷長曲一套。因繪爲圖。己作文士妝束。蓋寓速變男兒之意。余爲題圖。有句云南朝幕府黃崇嘏。北宋詞宗李易安。蓋非虛譽也。

圈兒信

有妓致書於所歡。開緘無一字。先畫一圈。次畫一套圈。次連畫數圈。次又畫一圈。次畫兩圈。次畫一圓圈。次畫半圈。末畫無數小圈。有好事者題一詞於其上云。相思欲寄從何寄。畫箇圈圈兒替。話在圈兒外。心在圈兒裏。我密密加圈。你須密密知儂意。單圈兒是我。

雙圈兒是你。整圈兒是團圓。破圈兒是別離。還有那說不盡的相思。把一路圈兒圈到底。無中生有。令人忍俊不禁。

沈去矜卷子

丙戌至京。寓土地廟下斜街全浙會館。塘棲姚鏡生孝廉亦寓焉。一日。出卷子屬題。則西泠十子沈去矜先生（謙）手書詩卷也。先生於順治乙酉泛棹蘇常。時南都新破。百姓流離。目擊情形。淒然有感。取是年所作之詩。寫成長卷。計古今體詩四十餘篇。末綴小跋。字畫蒼勁。詩格渾成。允為名蹟。是卷藏塘棲金氏。姚君部試。託其攜入都中。偏徵題詠。展卷名公鉅卿。山人墨客。詩詞歌賦。無美不臻。余為填南北曲一套云。

新水令　黍禾荒後蕨薇高。滿乾坤淚痕多少。江山餘戰伐。髮鬢騰刁騷。鳳泊鸞飄。留下這磨不滅的遺民數行藁。步步嬌 落日姑蘇寒山道。小泊停孤櫂。見流離戰骨拋。歎幾劫紅羊。歌幾回朱鳥。雪涕太無憀。對篷窗寫出傷心調。折桂令 這幾首過明湖清淚頻飄。恨一時鼙鼓鬧。卻笙簫。那幾首秀水苕溪。扁舟跌宕。短策逍遙。這幾首哭忠魂岳王墓表。弔毅骨于相祠高。這幾首江左蕭條。海國遊遨。還有那送行感逝。泣青衫死別生交。江兒水 嗚咽青陵笛。悲哀赤壁簫。你天涯眼見黃塵掃。你浮生夢醒黃粱覺。你閒身許作黃冠老。幸免白衣宣召。底是神傷。別有這淒涼懷抱。雁兒落 想當年酒三杯澆來義膽豪。淚千行流得詩腸燥。艣雙枝撐開戰血波。筆千言寫不盡驚心貌。呀。早玉簫聲斷廣陵潮。眼見那邊上將軍萬寶刀。當不起玉弩兒三千攬。留不住金甌兒一半牢。波也麼焦。更誰將束節移王導。悲也麼號。贏得個西臺哭謝翱。（僥僥令）留幾幅殘箋兼斷楮。儘教人短誦又長謠。心香一瓣虔燒。恨不識先生貌。只認得押角的紅泥把姓氏標。（收江南）待提起昔年遺老。呵。笑忠義枉雲高。有幾個西山曾赴辟賢軺。有幾個北山又被移文誚。悵貞松自彫。歎芳蘭自熬。只賸得梅邊一集殿南朝。（園林好）展遺書龍眠虎跳。誦遺詩鸞姿鶴標。有大節千秋照耀。算兵火不能燒。算紙刼不相遭。（沽美酒）喜裝籤玉共瑤。喜裝籤玉共瑤。留下這傷心一卷續離騷。看故國河山裂紙條。這些些墨藻。問幾番零落幾番搜牢。零落在蛛絲蟲爪。搜牢在海絹山膠。看待作蘭亭墨妙。何處許茂陵求稿。今日個風淒月寥。茶乾酒銷。許詩人展圖憑弔。（清江引寸金尺璧真堪寶。問何人筆尖兒橫掃。這是那十子內的西泠沈氏草。

戲名對

同人小飲。集戲名對偶爲令。茲擇其尤工者錄之。驚醜（風箏誤）對嚇癡。（八義記）盜甲（雁翎甲）對鬨丁。（桃花扇）訪素（紅梨記）對拷紅。（西廂記）扶頭（繡襦記）對切脚。（翡翠園）開眼（荊釵記）對拔眉。（鸞釵記）折柳（紫釵記）對采蓮。（浣紗記）麻地（白兔記）對蘆林。（躍鯉記）教歌（繡襦記）對題曲。（療妒羹）春店（萬里緣）對秋江。（玉簪記）哭像（長生殿）對描容。（琵琶記）敗金（精忠記）對埋玉。（長生殿）三擋（麒麟閣）對七擒。（三國志）逼試（琵琶記）對勸粧。（占花魁）打虎（義俠記）對罵雞。（白兔記）看襪（長生殿）對哭鞵。（荊釵記）刺虎（鐵冠圖）對斬貂。（三國志）亂箭（鐵冠圖）對單刀。（三國志）拜冬（荊釵記）對賞夏。（琵琶記）告雁（牧羊記）對嗾獒。（八義記）思飯（金鎖記）對借茶。（水滸記）斬竇(金鎖記)對刺梁。(漁家樂)投井(金印記)對跳牆。(西廂記)送米(躍鯉記)對拾柴。(綵樓記)相面(宵光劍)對審頭。(一捧雪)醒妓(醉菩提)對規奴。(琵琶記)盜令(翡翠園)對偷詩。(玉簪記)飯店(尋親記)對酒樓。(翠屏山)北樵(爛柯山)對西諜。(邯鄲夢)落院(繡襦記)對借廂。(西廂記)小妹子(時劇)對胖姑兒。(慈悲記)鬧天宮對遊地府。(安天會)醉易放易(鳴鳳記)對相梁刺梁。(漁家樂)大宴小宴(連環記)對前親後親。(風筝誤)

京師梨園

京師梨園四大名班。曰四喜。三慶。春臺。和春。其次之則曰重慶。曰金鈺。曰嵩祝。余壬午年初至京。當過密八音之際。未得耳聆目賞。次年春始獲縱觀色藝之精。爭妍奪媚。然余逢場竿木未能一一搜奇也。丙戌入都。寓近彼處。閒居無事。時復觀之。四班名噪已久。

選才自是出人頭地。即三小班中。亦各有傑出之人。擅場之技。未可以檜下目之。此外尚有集芳一部。專唱崑曲。以笙璈初集。未及排入各園。其他京腔。弋腔。西腔。秦腔。音節既異。裝束迥殊。無足取焉。表弟蘇蔚生。雅有今樂之好。取自四喜以下七班。某日至某園。一月之中。周而復始。譜爲小錄一編。界以烏絲之闌。裝以紅錦之裹。題其簽曰燕臺樂部。分日下梨園錄。而屬余爲之序云。首善繁華之地。太平歌舞之時。幾處旗亭。能謳水調。誰家簫鼓。不按涼州。既紙醉以金迷。復花交而錦錯。樓臺十二。一時捲上珠簾。裙屐三千。幾箇偷來鐵笛。固已猜疑長樂。彷彿廣寒矣。爰有家居浙水。人號斜川。愛當定子之筵。屢顧周郎之曲。衫裳倜儻。襟袖溫存。每當燈酒良宵。春秋佳日。今雨舊雨。無花有花。未嘗不高倚闌干。俯臨珠玉。評量粉黛。環肥燕瘦之間。品藻冠裳。賈佞江忠之列。紅牙拍去。青眼搜來。莫不采菲無遺。存花有案。爰集都下名班。曰四喜。三慶。春臺。和春。重慶。金鈺。嵩祝。分隸七部。合彙一編。排如春水魚鱗。準遞年年之信。序似秋風雁翅。不愆月月之期。其間粉墨登場。丹青變相。銅琵鐵板。大江東高調淩雲。翠繞珠圍。小海唱低歌醉月。選聲選色。取貌取神。宜喜宜嗔。可歌可泣。於是按圖集錦。照譜徵花。看來欲徧長安。佳處爭傳日下。羣仙簇綵。大羅自有因緣。一佛拈花。下界都來供養。亦足徧邀袍澤。同聽霓裳也已。其他舞綵之行。尚有集芳之部。然而此曲只應天上。序班未徧人間。不隸梨園。難歸菊部。愛已同於割玉。情匪類於遺珠。至若趙北新音。秦西變調。仰天撫缶。但唱嗚嗚。帀地繁絃。惟聞艾艾。已同檜下。槪比鄭聲。凡此旁搜。俱不贅列。顧或者恨擷芳玉籍。未識雛鶯乳燕之名。采豔金臺。不書董袖鄂香之事。豈知酒闌燈灺。茶熟香溫。但陳玉笛之新編。不類燕蘭之小譜。然而三年宋玉。好色雖異於登徒。十五王昌。薄倖迥殊乎崔灝。使僅闌凭儂袖。亦知眼過烟雲。倘教釵掛臣冠。未必心同木石。而茲者寄情絲竹。用佐琴樽。聊寄娛耳之資。不敍銷魂之事云爾。

荊釵記祭文

荊釵記傳奇王十朋祭江。其祭文云。巫山一朵雲。閬苑一團雪。桃源一枝花。瑤臺一輪月。妻啊如今是雲散雪消。花殘月缺。按此詞亦有所本。孫季昭示兒編云。北朝來祭皇太后文。楊大年捧讀。空紙無一字。因自撰云。惟靈巫山一朶雲。閬苑一堆雪。桃園一枝花。瑤臺一輪月。豈期雲散雪消。花殘月缺。時仁宗深喜其敏速。案此詞浮豔輕佻。施之君后。失體已甚。烏可爲訓。錢竹汀宮詹云。大年死於天僖四年。其時仁宗未卽位也。章獻之崩。大年死已久矣。則其爲委巷不經之談無疑。

拍曲几

盧代山岱錢唐人。住山兒巷。抱經學士之族也。家藏蒲萄藤小几一張。云是洪昉思拍曲几。其指痕猶隱隱焉。余二十年前。曾在外舅黃鐵年先生家。見昉思度曲圖。毛西河高江村諸巨手。俱有題詠。山舟學士爲跋識數語。歸於洪氏。今不知尚存否也。昉思先生傳奇。長生殿之外。尚有天涯淚。四嬋娟。青衫濕三種。今其藁猶存黃氏。蓋先生爲文僖相國孫壻也。

陳眉公

陳眉公在王荊石家。遇一宦。問荊石曰。此位何人。曰山人。宦曰。既是山人。何不到山裏去。蓋譏其在貴人門下也。俄就席。宦出令曰。首要鳥名。中要四書一句。末要曲一句合意。宦首舉云。十姊妹嫁了八哥兒。八口之家。可以無飢矣。只是二女將誰靠。眉公曰。畫眉兒嫁了白頭公。吾老矣。不能用也。辜負了青春少年。合座稱賞。宦遂訂交焉。鉛山蔣苕生太史臨川夢院本內。有隱奸一齣。刻意詆毀眉公。出場詩云。妝點山林大架子。附庸風雅小名家。終南捷徑無心走。處士虛聲儘力誇。獺祭詩書充著作。蠅營鐘鼎潤烟霞。翩然一隻雲間鶴。飛去飛來宰相衙。亦謔而虐矣。

葛秋生

葛秋生慶曾仁和諸生。人極醇訥温雅。工詩古文詞。顧久躓場屋。鬱鬱不得志。江淮游幕。益復無聊。終以病瘵卒於家。四壁相如。遺稿率多散佚。猶記其早秋即事二絶云。磁缸雨過小盤蝸。圓蕊微黃葉半遮。道是今年濬湖後。漁人都賣水葓花。曙風吹影墮殘缸。亂颭檐前鐵馬撞。約看牽牛花早起。竹陰深處去開窗。詩境清絶。秋生向設帳於橫河橋。治中許小范先生學范宅中。薄遊以後。感今追昔。因繪橫橋吟館圖。屬同人題詠。余爲賦買陂塘詞一闋。同年趙子秋舲題南北曲一套。最佳。其詞云。新水令 莽天涯何處掛詩瓢。瘦書生鬢絲吟老。江湖尋舊夢。風雨感離巢。十載横橋。今日个纔畫出停雲稿。步步嬌　記當初載酒玄亭同傾倒。問字師安道。時受業戴九橋先生。因九橋亦在許氏安硯也。金蘭簿訂交。硯北花南。一例兒排年少。顧影換青袍。翠生生都似春來草。折桂令　暢好是嫩年華過眼如潮。秋去春來。柳又千條。百忙中跳上征橈。兩處相思。紅豆燈挑。這壁廂風塵懊惱。那壁廂書札迢遙。故人兒幾個雲霄。幾個蓬蒿。一霎時賭酒評花。倒做了雨散雲飄。江兒水　吳市空彈瑟。秦樓待引簫。念家山忽作思親操。東琴書試鼓迴波櫂。返鄉園好比投林鳥。一任那雪泥鴻爪。虧的杼下流黃。博得個萱花微笑。雁兒落　再休提蹭名場劍氣消。說甚麼困寒氈心緒稿。你看有的是痛黃壚玉樹凋。有的是走京華花插帽。但詩成且倚玉笙調。但酒來且索金樽倒。與來時齊向白雲嘲。悶來時共對青天𤐤花朝。放明湖雙槳好。寒宵擁紅鑪合座邀。僥僥令 重開新畫閣。再整舊書巢。喜荷衣又手諸郎少。渾不是感離羣賦寂寥。收江南 呀。我也把十年前事話今朝。記風簷立雪訂深交。不多時桃花三月廣陵潮。嘆生成蕙泣蘭唬料。向瀟湘走遭。向瀟湘走遭。苦煞我一鐙秋雨讀離騷。園林好 盼魚書長江路遙。憶朋儕離魂暗消。依舊的南飛鵲噪。重把臂飲醇醪。重識面贈瓊瑤。沽美酒 望橫河水一條。望橫河水一條。認橋邊許丁卯。他是裙屐風流甲第高。沒些兒塵壒。王摩詰更相招。把悶愁懷毫端輕掃。離別恨畫裏勾消。索舊雨題詩須早。倩新知補吟亦妙。你呵。擘名箋烏闌自鈔。爇名香銀爐自燒。這圖兒須索自收藏好。

尾聲 從今不恨知音少。拚個爛醉狂歌也意氣豪。你看那一樹藤花開遍了。

詞曲取士

相傳元人以詞曲取士。而考選舉志及典章皆無之。或另設一門。如今考天文算學一律。特以備梨園供奉耳。惟試錄中一條云。軍民僧尼道客官儒回回醫匠陰陽寫算門廚典僱未完等戶。願試者以本戶籍貫赴試。僧道應試已屬可笑。尼亦赴考更怪誕矣。此不可解。

短小人詞

友有詠短小人黃鶯兒一闋云。矮子寸三高。進陰溝插雉毛。鵝黃蠶繭烟氈帽。扇箍兒束腰。拐杖兒燈草。梨園檀板棺材料。定睛瞧。重陽白菜。錯認做老芭蕉。

對月曲

仁和趙秋舲慶熺鐵巖大司空殿最來孫也。性倜儻。工詩詞。家貧讀書。傲骨風棱。逸情雲上。道光辛巳舉於鄉。壬午連捷南宮。引見歸本班銓選。此才不入詞館。惜哉。秋舲對月曲內江兒水一支云。自古歡須盡。從來樂必收。我初三瞧你眉兒鬬。我十三窺你妝兒就。我廿三覷你龐兒瘦。都在今宵前後。何況人生。怎不西風敗柳。初三三三句。未經人道。

西廂記

琵琶記影借中郎。荊釵記汚蠛十朋。夫人知之。至雙文之事。風流話柄。千古豔稱。然考曠園雜志載唐鄭太常恆及崔夫人合葬墓在淇水西北五十里。即古淇澳地。明成化間。淇水泛溢。土崩石出。秦給事貫所撰志銘在焉。志中盛稱夫人四德咸備。則會真一記。

特寓言八九耳。又兗州陽穀縣西北。有西門冢。大姓潘吳二氏。自言是西門妻。吳氏妾。潘氏族。見香祖筆記。小說所記。或亦風影其詞歟。

李袁輕薄

李笠翁十二種曲。舉世盛傳。余謂其科諢謔浪。純乎市井。風雅之氣。掃地已盡。偶閱董閬自蓴鄉贅筆。載笠翁之爲人。性齷齪。善逢迎。常挾小妓三四人。遇貴游子弟。便令隔簾度曲。捧觴行酒。並縱談房術。誘賺重價。蓋其人輕薄。原於天性。發爲文章。無足怪也。又撰西樓記之袁于令。爲人貪汚無恥。年逾七旬。猶强作少年態。喜縱談閨閫。淫詞穢語。令人掩耳。後寓會稽。暑月忽染奇疾。口中癢甚。因自嚼其舌。片片而墮。不食不言。二十餘日。舌本俱盡而死。綺語之戒。其罰如此。夫洪稗畦長生一曲。卒傷采石之沈。湯玉茗文章鉅公。四夢之成。特其游戲。乃猶以牡丹亭口業。相傳永墮泥犂。況下此者乎。

長生殿

黃六鴻者。康熙中由知縣行取給事中。入京以土物並詩稿徧送名士。至宮贊趙秋谷。執信答以柬云。土物拜登。大稿璧謝。黃遂銜之刺骨。乃未幾而有國喪演劇一事。黃遂據實彈劾。仁廟取長生殿院本閱之。以爲有心諷刺。大怒。遂罷趙職。而洪昇編管山西。京師有詩詠之。今人但傳可憐一曲長生殿二句。而不知此詩有三首也。其詞云。國服雖除未滿喪。如何便入戲文場。自家原有些兒錯。莫把彈章怨老黃。秋谷才華迴絕儔。少年科第儘風流。可憐一曲長生殿。斷送功名到白頭。周王廟祝本輕浮。也向長生裏殿遊。抖擻香金求脫網。聚和班裏製行頭。周王廟祝者。徐勝力編修。嘉炎是日亦在座。對簿時。賂聚和班伶人。詭稱未與。得免。徐豐頤修髯。有周道士之稱也。是獄成。而長生殿之曲流傳禁中。布滿天下。故朱竹垞檢討贈洪稗畦詩。有海內詩篇洪玉父。禁中樂府柳屯田。梧桐夜雨聲淒絕。薏苡明珠謗偶然。梧桐夜雨。元人雜劇。亦詠明皇幸蜀事。之句。樊榭老人嘆爲字字典雅者也。

桂花新

蔣苕生太史空谷香傳奇。魯學連移官齣內桂花新一支云。山平水遠出桐江。柔艣聲中過富陽。塔影認錢唐。何處是故人門巷。敘自嚴州至省城光景。歷歷如在目前。余久羇嶺表。夢繞家山。一再誦之。悠然神往矣。

三十而立

一夕話載三十而立破題云。兩個十五之年。雖有椅杌而不坐焉。又欽釗記傳奇中亦有此科諢。而不知確有此典也。北夢瑣言。魏博節度使韓簡。性麤質。每對文士。不曉其說。心甚恥之。乃召一孝廉。令講論語。及講至爲政篇。明日。謂諸從政曰。僕近知古人淳樸。年至三十。方能行立。聞者無不絕倒。但不知此公眘悟。別具會心。抑孝廉口授時卽出此秘解也。

絕命詞

洪武中。刑部尚書楊靖。字仲寧。有才識。乃未竟其用。以冤死。臨難之日作詞云。可惜跌破了照世界的軒轅鏡。可惜顚折了無私曲的量天秤。可惜吹熄了一盞須彌有道燈。可惜隕碎了龍鳳冠中白玉簪。三時三刻休。前世前緣定。亦可悲矣。

櫻桃青衣

湯玉茗邯鄲夢。全組織唐李泌枕中記而成。而豈知枕中記又與任蕃夢遊錄中櫻桃青衣一則形影相似。一曰開元。一曰天寶。不知孰相沿襲也。

兩般秋雨盦曲談終

北涇草堂曲論

新曲苑第二十七種

清會稽陳棟撰

曲與詩餘。相近也而實遠。明人滯於學識。往往以填詞筆意作之。故雖極意雕飾。而錦糊燈籠。玉相刀口。終不免天池生所譏。間有矯枉之士。去繁就簡。則又滿紙打油。與街談巷語無異。夫曲者曲而有直體。本色語不可離趣。矜麗語不可入深。元人以曲爲曲。明人以詞爲曲。國初介于詞曲之間。近人並有以賦爲曲者。賞音可覯。定不河漢余言。

明人曲自當以臨川山陰爲上乘。玉茗還魂。較實甫而又過之。特溟涬已穿。頗纇未除。南柯邯鄲二種。歛才就範。風格遒上。實足前無古人。後無來者。青藤音律間亦未諧。其詞如怒龍挾雨。騰躍霄漢間。千古來不可無一。不能有二。餘若浣紗之瀟灑。明珠之雋秀。紅拂之峭勁。義俠之古樸。西樓之蘊藉。玉合之整鍊。龍膏之奇恣。香囊之謹嚴。紅蕖之流利。一邱一壑。亦足名家。鼎革時百子山樵以詞名天下。所編燕子箋。盛行宮禁。品其高下。尚不能並若士幼作之紫簫。此外汗牛充棟。自鄶無譏矣。

自化工畫工之論出。而西廂琵琶之品始定。然琵琶究不及西廂。實甫香艷豪邁。無所不可。東嘉一作典貴語。便筋努面赤。蓋文章一道。均可以學力勝。惟曲子必須從天分帶來。明嘉隆中王弇州以詩文爲七子弁冕。而所著鳴鳳記。淺率頹唐。一似全無學識者。何況他人。世之左袒東嘉。不過曰西廂誨淫。琵琶教

作曲詞重於律

還魂香囊步武西廂琵琶

孝。夫既置其文于不論。則固非余所敢知耳。

臨川塡詞。多不協律。沈詞隱貽書規之。臨川听然笑曰。余意所至。不妨拗折天下人嗓子。不朽之業。當日早已自定。今人捧九宮譜繩趨尺步。奏之場上。非不洋洋盈耳。及退而索卷玩誦。未數折卽昏昏思睡。夫人固不可過才。又何可不及才。踶弛之馬。苟操縱得法。終當百倍駑駘。必也四海賞心。梨園從律。屏山燭樹。雅俗盡歡。茫茫今古。吾見亦罕。

西廂以下。高施齊名。然君美之視東嘉。尚猶江黃之敵荆楚。明人盛稱曇夢。則緯眞初下筆時。亦自夢想不到。此正如六朝庾徐長慶元白。一時風尚。徼幸並驅。至步武一說。還魂繼崔。香囊繼蔡。若士後勁有餘。九成中郎。一忠一孝。允足相配。其如詞之不稱何。

尤西堂曲

清初洪孔出類拔萃

李笠翁曲

詞至西堂。又別具一變相。其運筆之奧而勁也。使事之典而巧也。下語之艷媚而油油動人也。置之案頭。竟可作一部異書讀。石渠邊幅稍狹。風韻灑如。西園畫中人二種。尤足紹規曩哲。

國初人才蔚出。即詞曲名家。亦林林焉指不勝屈。必欲于中求出類拔萃。則高莫若東塘。大莫若稗畦。靡旖摩疊。殊難爲鼎足之人。

笠翁賓白。縱橫變幻。獨步數朝。迄今憐香伴各種傳奇。流行海內。幾于家絃戶誦。其慎鸞交開暢曲曰。可惜元人箇箇都亡了。若使至今還壽考。遇余定不題凡鳥。余謂笠翁塡詞實非當行。不知何所恃而自信若此。大抵私智勝則規模不闊大。巧句多則筆墨不莊重。以此劘切。笠翁當亦心服。近人刻十種曲。有殿

江湖內外十八本

以盧淳二夢者。吾恐簸之揚之。且不啻糠秕在前矣。江湖內十八本。外十八本。梨園缺一。即非佳班。其實可傳者不過十之二三。餘皆村褻鄙俚。不堪入耳。而父以傳之於子。師以授之於弟。設填新本。付之搬演。茍非有大勢力。彼必委而棄之曰。不可唱。夫詞不可唱者固多。可唱者亦不少。元代佳詞如林。當時即稱荆劉拜殺。文士之取信梨園。亦有幸有不幸已。

宮調定格

古律載六宮十一調。傳者僅十之七。而般涉大石小石諸調。又秖寥寥數曲。蓋曲學幾于亡矣。余意宮調定格。當如還相爲宮。一宮有一宮之聲韻。一調有一調之節奏。周德清中原音韻所云。仙呂清新綿邈。南呂感歎傷悲。義雖不傳。其意可繹。不然。何以北曲正宮可與中呂並用。又可用般涉調煞。而他宮不能。南曲有仙呂入雙調。而他無有。今之唱曲者僅記首三字爲標目。問以牌名。尚茫然不知。詞家亦幾等宮調爲贅瘤。世有周郎乎。吾嘗鑄金事之。

南北途徑各別

詩餘興而樂府廢。雜劇興而詩餘又廢。絃索之用。愈變愈卑。今雜劇雖廢。有志紹述。古人不遠。尚有門徑可尋。詞家目不見元曲。偶以南詞變北劇。人輒譽之曰宮喬。曰鄭馬。問以孤裝參軍名色。往往目瞪舌撟。不知南北徑途。判然各別。既名稱仿古。無論賓白詞章諸大者。卽小小排場。譬如飾古彝鼎。座匣必須雅樸。摹晉唐名畫。著不得一件時用器物。由此以推。思可過半。

元劇存亡

太和正音譜及錄鬼譜。載元劇千餘本。陶九成輟耕錄自云見元劇七百餘本。而錄中所列名目。半不可

改曲

解。今存者自臧晉叔元人百種曲外。寥寥無幾。百種曲雖多點竄。要亦餼羊。蓋雜劇卷帙不多。易于散失。藏書家又以無關經史。置不寶貴。苟非棗而刻之。風霜兵燹。日復一日。必至消滅淨盡。晉叔之爲功詞壇。豈淺鮮哉。

李太尉代汾陽治軍。號令纔出。壁壘一新。詞家具此手筆者。惟青藤改崑崙奴。可云無忝。臧晉叔刪訂四夢。詡詡然自命點金手。無奈識不稱志。才不副筆。將原本佳處。反多淹沒。昔賢不云乎。鶴頸雖長。斷之則死。鳧頸雖短。續之則傷。晉叔沉酣元曲。既于詞壇不敢染指。乃復有此輕妄之舉。自知之所以難也。若西廂一記。李日華以北賡南。則裂鄭錦以補鶉衣。碎楚玉以飾甕牖。實甫何辜。冤遭此劫。

北涇草堂曲論終

京塵劇錄

清楊掌生撰

道光初之集芳班

道光初年。京師有集芳班。仿乾隆間吳中集秀班之例。非崑曲高手不得與。一時都人士爭先聽覩爲快。而曲高和寡。不半載竟散。其中固大半四喜部中人也。近年來部中人又多轉徙入他部。以故吹律不競。然所存多白髮父老。不屑爲新聲以悅人。笙笛三絃拍板。聲中按度刌節。韻三字七。新生故死。吐納之間。猶是先輩法度。若二簧梆子。靡靡之音。燕蘭小譜所云。臺下好聲雅亂。四喜部無此也。每茶樓度曲。樓上下列坐者。落落如晨星可數。而西園雅集。酒座徵歌。聽者側耳會心。點頭微笑。以視春臺三慶登場。四座笑語喧闐。其情況大不相侔。部中人每言我儕升歌。坐上固無長鬚奴。大腹賈。偶有來入坐者。啜茶一甌未竟。聞笙笛三絃拍板聲。輒逡巡引去。雖未敢高擬陽春白雪。然卽欲自貶如巴人下里。固不可得矣。嘗論紅豆村樵紅樓夢傳奇盛傳於世。而余獨心折荊石山民所撰紅樓夢散套。爲當行作者。後來陳厚甫在珠江按譜填詞。命題皆佳。余最愛畫薔一齣繡鴛一齣情景亦妙而詞曲徒砌金粉。絕少性靈。與不知誰何所撰袖珍本四冊者同爲無足重輕。故歌樓中惟仲雲澗本傳習最多。散套則有自譜工尺。故旗亭間亦歌之。

秀蓮字花君。揚州人。桐仙得意弟子也。光裕堂先有天然。天秀。不久皆散去。後來者曰三秀。三秀者。秀蘭。秀芸。秀蓮也。秀蓮入門最後。而最慧。意態爽闓。言笑

私訪月明樓雜劇

舉止。並皆灑落。無委瑣氣。所般皆小生劇。先是同師者有學漁陽摻撾爲禰正平駡阿瞞。伊吾久之。花君從旁竊聽。則已盡得其節拍。揚袍振袂而出。神情態度。參以己意。妙合自然。雖素所習不啻也。有傖父撓之。不令般演而罷。桐仙乃竭一夜之力。篝燈按譜。摹倣爲岳雲駡秦檜劇。命名曰快人心。詞曲賓白。科諢纍弄。悉與漁陽摻撾異。非依樣葫蘆也。桐仙以一夕成之。花君卽以一夕習之。明日。入戲園。登場般演。耳目一新。觀者方嘖嘖歎新劇之妙。不知乃其師徒夜來燈下所爲也。

乾隆間。查家樓。月明樓。皆國初舊蹟也。余道光壬辰北來。初訪月明樓。無知者。戊戌夏。雲夢道中。老僕楊升言。月明樓卽在永光寺西街。其地近棗林。世俗相傳。有康熙私訪月明樓之語。編爲歌謠。演爲雜劇。刻爲畫圖。雖婦人孺子皆能言其事。顧鮮有知其地者。

戲莊與戲園

有戲莊。有戲園。有酒莊。有酒館。戲莊曰某堂。曰某會館。爲衣冠揖遜。上壽娛賓之所。清歌妙舞。絲竹迭奏。戲園則曰某園。曰某樓。曰某軒。偶然茶話。人海雜遝。諸伶登場。各奏爾能。鉦鼓喧闐。叫好之聲。往往如萬雅競噪矣。戲莊演劇必徽班。戲園之大者如廣德樓。廣和樓。三慶園。慶樂園。亦必以徽班爲主。下此則徽班。小班。西班。相雜適均矣。

演劇報條

都門竹枝詞云。某日某園演某班。紅黃條子貼通闤。今日大書榜通衢。名報條。曰某月日。某部在某園。演某戲。尚仍其舊俗。蓋諸部赴各園皆有定期。大約四日或三日一易地。每月周而復始。有條不紊也。廣州城則

四大徽班與小班西班

廣州樂部

每日梨園會館懸牌云。某日某班在某處。春台。三慶。四喜。和春。爲四大徽班。其在茶園演劇。觀者人出錢百九十二。曰座兒錢。此散座也。官座及桌子則有價。惟嵩祝座兒錢與四大班等。堂會必演此五部。日費百餘緡。纏頭之采不與焉。戲莊及第宅緜觴宴客。皆曰堂會。下此則爲小班。爲西班。茶園座兒錢各以次遞減有差。堂會則非所與聞。西班諸伶則捧觴侑酒。並所不習。近日亦有出學酬應者。然召之入酒家則可。茶園爲衆人屬目之地。有相識者亦止遣傔僕送茶。諸伶仍不登座周旋也。

廣州樂部分爲二。曰外江班。本地班。外江班皆外來妙選。聲色技藝。並皆佳妙。賓筵顧曲。傾耳賞心。錄酒糾觴。各司其職。舞能垂手。錦每纏頭。本地班但工技擊。以人爲戲。所演故事。類多不可究詰。言旣無文。事尤不經。又每日爆竹烟火。埃塵漲天。城市比屋。回祿可虞。賢宰官視民如傷。久申厲禁。故僅許赴鄉村般演。鳴金吹角。目眩耳聾。然其服飾豪侈。每登場金翠迷離。如七寶樓臺。令人不可逼視。雖京師歌樓。無其華靡。又其向例。生日皆不任侑酒。其中不少可兒。然望之儼然。如紀渻木雞。令人意興索然。有自崖而返之想。間有强致之使來前者。其師輒以不習禮節爲辭。靳勿遣。故人亦不强召之。召之亦不易致也。大抵外江班近徽班。本地班近西班。其情形局面。判然迥殊。本地班非無美才。但託根非地。屈抑終身。如夷光不遇范大夫。三薰三沐。教之歌舞。則亦苧羅山下。終老浣紗。雖有東施。並乃無顰可效。不亦惜哉。

戲園小戲園雜耍館所在

前門外戲園多在中城。故巡城口號。有中城珠玉錦繡之語。中部尉所治地。或且因緣爲利。宣武門外大街南行。近菜市口。有財神會館。少東鐵門有文昌會館。皆爲宴集之所。西城命酒徵歌者多在此。皆戲園也。內城禁開設戲園。止有雜耍館。外城小戲園。徵班所不到者。分日演西班小班。又不足則以雜耍補之。故外城亦多雜耍館。西城菓子巷內街西。舊有戲園。曰太和軒。西西草廠胡同有吉陽樓。皆雜耍館。一年中演戲無幾日。或云。朝陽門外另有戲園。非東嶽廟西之芳草園。余不知也。城外小園凡五。在南城者二。崇文門外曰廣興。宣武門外曰慶順。東城一。在齊化門外。曰芳草。西城一。在平則門外。曰阜成。北城一。在德勝門外。曰德勝。皆徵班所不到。惟耑祝偶一莅之。亦但分下包而已。舊時檔子班打采。多在正陽門外鮮魚口內天樂園。今爲小戲

堂名中人與大下處中人

園矣。今日三慶園。乾隆年間宴樂居也。其地昔甚廣大。今當鋪亦從此析出。又其旁有六合居。亦其地也。樂部各有總寓。俗稱大下處。本臺寓百順胡同。三慶寓韓家潭。四喜寓陝西巷。和春寓李鐵拐斜街。嵩祝寓石頭胡同。

諸伶聚處其中者曰公中人。聘歌師食月俸者曰拿包銀。司事者曰管班。管班執掌分爲三。曰掌銀錢曰掌行頭。衣箱爲行頭。四掌派戲。生日別立下處。自稱曰堂名中人。堂名中人初入班。必納千緡。或數百緡。有差。曰班底。班底有整股。有半股。整股者四日得登場演劇一齣。半股者八日。曰轉子。諸部周流赴戲園。大園四日。小園三日。一易地。亦曰輪轉子。堂名中人有班底者。許償其值相授受。其堂名多承襲前人舊號。彼

四徽班所擅

往此來。鵲巢鳩居。雖繫以姓氏。不嫌張冠李戴也。間有自立門戶。別命堂名者。曰新堂名。必其人能自樹立。到處知名者矣。然自納班底。外宴部中父老。及諸鐘磬笙簫師。所費不貲。不如頂堂名者。有班底及一切屋宇器用。俱坐享其成。可免勞民傷財也。間亦有裹頭居大下處者。（俗呼曰包頭。）大抵老夫耄矣。然吾嘗見三慶部演四進士大軸子。其般漁家蜆妹者。乃豔如芍藥。光采動人。約其年。當才二十許人耳。爾初云。此大下處中人。並以其名告余。忘之矣。後問安次香。言其人卽李壽林。計其年齒不相當。恐未必然。

四徽班各擅勝場。四喜曰曲子。先輩風流。餼羊尚存。不爲淫哇。舂牘應雅。世有周郎。能無三顧。古稱清歌妙舞。又曰絲不如竹。竹不如肉。爲其漸近自然。故至

三慶班由來

今堂會終無以易之也。三慶曰軸子。每日撤簾以後。公中人各奏爾能。所演皆新排近事。連日接演。博人叫好。全在乎此。所謂巴人下里。舉國和之。未能免俗。聊復爾爾。樂樂其所自生。亦烏可少。和春曰把子。每日亭午。必演三國水滸諸小說。名中軸子。工技擊者。各出其技。痀瘻丈人。承蜩弄丸。公孫大娘舞劍器。渾脫瀏漓。頓挫發揚。蹈厲總干山立。亦何可一日無此。春臺曰孩子。雲裏帝城。如錦繡萬花谷。春日遲遲。萬紫千紅。都非凡豔。而春臺則諸郎之夭夭少好咸萃焉。奇花初胎。有心人固當以十萬金鈴護惜之。

乾隆間。魏長生在雙慶部。陳漢碧在宜慶部。同時又有萃慶部。或曰。今之三慶班。殆合雙慶宜慶萃慶爲一者也。余按四喜在四徽班中。得名最先。都門竹枝詞云。新排一曲桃花扇。到處閧傳四喜班。此嘉慶朝事也。而三慶又在四喜之先。乾隆五十五年庚戌。高宗八旬萬壽。入都祝釐。時稱三慶徽。是爲徽班鼻祖。今乃省徽字樣。稱三慶班。與雙慶宜慶萃慶部不相涉也。

戲園客座。分樓上樓下。樓上前後近臨戲臺者。左右各以屏風。隔爲三四間。曰官座。豪客所集也。官座以下場門第二座爲最貴。以其搴簾將入時。便於擲心賣眼。竹枝詞。樓頭飛上迷離眼。訂下今宵晚飯來。正如白樂天長恨歌所云。迴頭一笑百媚生。梁武帝晉白苧舞歌所云。含笑一轉私自憐。湯惠休白苧歌所云。流目送笑不敢言者是矣。官座而前。短几鱗次。曰桌子。漸遠戲臺。價亦遞殺。惟正樓不橫桌。蓋舊例也。

樓下週廻設長案。觀者比肩環坐。曰散座。其後亦設高座。倚牆矯足。可以俯視中庭。設案如樓下。而坐者率皆市井駔儈。僕隸輿儓。名之曰池子。余嘗謂此萬人海。眞乃衆維魚矣。從樓上憑闌。俯臨下界。長几列如方罫。大似白袍鵠立。槀筆試有司時。特不能銜枚靜無譁耳。夾臺基曰釣魚臺。亦以下場門爲貴。至於上場門。鳴鉦喧聒。目眩耳聾。客不願坐也。

竹枝詞云。園中官座列西東。坐褥平鋪一片紅。案紅色爲一二品官坐褥。今園中惟用藍布坐具。慶樂園新葺。最華眩。亦止用回回錦。士大夫惟戲莊公讌。尊卑咸集。至於茶園嬉戲。說平等法。貴官例得用紅坐褥者。亦當持禮。不便降尊。從諸俠少冶游矣。即如長安酒家。速客者。在酒莊。則達官貴人。鳴騶張蓋來會。

各酒館小集。從無公卿效袁尹屛車騎看竹者。蓋脫巾獨步。買醉數錢。情之所鍾。正在我輩。大僚顧惜官箴。動以恆舞酣歌。沉湎冒色爲戒。長安市上酒家眠。不得不讓謫仙人矣。豪客車中皆自攜坐具。官座倚闌干。前設短榻。後列高几。各施錦褥。別於客坐。後設高座。以坐僕從。撤園中藍布坐具施之。其散座則坐兒錢外。加坐褥茶壺錢百二十。

戲單與堂會

又竹枝詞云。三寸紅箋窄戲單。案今戲園無戲單。諸伶或書片紙置懷袖。備相識者顧問。惟堂會仍用紅紙戲目。堂會謂戲莊公讌。及第宅家宴。會館團拜也。堂會點戲放賞。仍用短足炕几。舁錢陳筵前。戲園亦偶有點戲者。但以一紙錢帖舁之而已。

三軸子與擋子班

竹枝詞云。雙表對時剛未正。到來恰已過三通。此嘉慶年事也。余按紅豆村樵紅樓夢傳奇凡例云。絲竹之聲哀。不可無金鼓以震盪之。此言殊近理。今梨園登場日。例有三軸子。（竹枝詞註云。軸音紂。）早軸子。客皆未集。草草開場。繼則三齣散套。皆佳伶也。中軸子後一齣曰壓軸子。以最佳者一人當之。後此則大軸子矣。大軸子皆全本新戲。分日接演。旬日乃畢。每日將開大軸子。則鬼門換簾。豪客多於此時起身逕去。此時散套已畢。諸伶無事。各歸家梳掠薰衣。或假寐片時。以待豪客之召。故每至開大軸子時。車騎蹴蹋。人語騰沸。所謂軸子剛開便套車。車中載得幾枝花者是也。貴游來者皆在中軸子之前。聽三齣散套。以中軸子片刻為應酬之候。有相識者彼此互入座周旋。至壓軸子畢。鮮有留者。其徘徊不忍去者。大半市井販夫走卒。然全本首尾。惟若輩最能詳之。蓋往往轉徙。隨入三四戲園。樂此不疲。必求知其始迄。亦殊不可少此種人也。今日開戲甚早。日中卽中軸子。不待未正。無爲李小泉言。嘉慶初年。開戲甚遲。散戲甚早。大軸子散後。別有清音小隊。曰檔子班。登樓賣笑。浮梁子弟。迷離若狂。金錢亂飛。所費不貲。今日雖有檔子班。但赴第宅清唱。如打轃包之例。不復赴園般演矣。京城舊日頓子房。皆打轃包赴人家。保定則班中諸伶亦打轃包。 又近來諸部大軸子恆至日昳乃罷。惟四喜部日未高舂卽散。猶是前輩風格。內城無戲園。但設茶社。名曰雜耍館。唱清音小曲。打八角鼓。十不閑。以爲笑樂。南城外小戲園。或暇日無聊。亦有檔子赴園。然自是雜耍館之例。非復當年大戲散。相繼登場意思也。

京城極重馬頭調。游俠子弟必習之。硜硜然。斷斷然。幾與南北曲同其傳授。其調以三絃爲主。琵琶佐之。呼韻曰轍・謂換韻曰換頭・所用韻卽元人周德清中原音韻・南中歌伎唱馬頭調。皆小曲。北道郵亭。抱琵琶入店。小女子唱九連環帶都魯。每卸裝酤村釀。解乏聽之。亦資笑樂。皆與京城馬頭調不同也。孔東塘桃花扇聽稗一齣・演說太師摯適齊一章・云是賈鳧西刑部所製鼓兒詞也・京城馬頭調卽此意・

伶人序長幼。前輩。後輩。各以其師爲次。兄叔祖師。稱謂秩然。無敢紊者。如沙門法嗣然。堂名中人主家爲事者。其傔僕呼之曰當家的。或曰老板。對之肅肅然。如主人翁。堂名中人其徒皆稱之曰師傅。師傅有內行外行之別。如翰林諸公之分內班外班也。

俗呼曰脚曰包頭。蓋昔年俱戴網子。故曰包頭。今則俱梳水頭。與婦人無異。乃猶襲包頭之名。觚不觚矣。聞老輩言。歌樓梳水頭。踹高蹻二事。皆魏三作俑。前此無之。故一登場。觀者歎爲得未曾有。傾倒一時。今日習爲故常。幾於數典而忘其祖矣。

凌仲子論曲

凌仲子在揚州局修曲譜。又定金元明人南北曲。論定別裁。於本朝獨推洪昉思長生殿爲第一。而明曲雅不喜玉茗堂。且謂四夢中以牡丹亭爲最下。其中北曲尚有疎快之作。南曲多不入格。至於驚夢尋夢諸齣。世人所瓣香頂禮者。乃幾如躍冶之金矣。余於曲學未涉藩籬。固未敢奉一先生之說。遽定指歸也。

詞曲相似

壬辰九秋。余由寧河赴保定。塡金縷曲一調。題沙河店壁。新城令章邱李二戟門名廷棨。行部見之。大有手疊花牋抄稿去。天涯沿路訪斯人之意。甲午夏。過新城。乃定交。留爲平原十日飲。盡出其生平撰著盈尺許。相質。瀕行餽贐殊厚。翰墨緣。香火緣。夫豈苟然。然詞殊不佳。大似曲子。宋人詞皆付歌喉。故得盡情言之。金元以降。北曲旣興。重以南曲。而詞之界限遂窄。高一分爲詩。低一分爲曲。朱子曰。文章千古事。得失寸心知。嗚呼微矣。

曲家務頭二字。余向不解所謂。舞勺時讀桃花扇教歌一齣。李香君唱牡丹亭驚夢皂羅袍原來姹紫嫣紅開遍一曲。至雨絲風片。蘇崑生曰。誤矣。絲字是務頭。於時竊訝之。案此曲工尺。絲字譜止尺上二字。非板。並非眼。不識崑生所謂誤者安在。凡遇曲師。即舉此質之。莫能言其所以然。後閱水滸傳。朱仝入歌院聽笑樂院本。至務頭。停聲乞纏頭。是務頭又似關目。

伶人晨呼六字

古樂燕樂今樂之別

不關曲中節拍矣。金瓶梅亦屢言笑樂院本。是自元及明。皆有笑樂院本。似通俗常演者。究不知是何院本。又不知務頭畢竟如何。雖老歌師無知之者。余舌強喉直。自愧不能學歌。於此事尤深抱陶隱居一事不知之恥。

伶人早起。必大聲習六字。先爲合口呼三字。曰咿(音伊)啞(音亞)嗚(音嗡)。後爲開口呼三字。曰嘻哈呵。輭紅竹枝詞所謂雞鴨鵝是也。

明人作九宮譜。強爲分析。如理棼絲。令人恨不起高氏子於九原。使抽刀斷之。凌教授仲子廷堪曰。此特燕樂商調之太蔟一韻耳。多立名目。徒自苦也。丙申夏四月浴佛日。謁阮儀徵師。乞假凌君燕樂考源六卷讀之。師笑曰。明日放榜矣。尚有此閑情逸致耶。因言金元北曲未興以前。唐宋人所填詞。皆以合樂。曩撫浙日。檢宋人詞數十調授青衣。命伶官譜工尺歌之。不能諧婉悅聽。且多不能作譜者。予於是爲備陳古樂與今樂中間。尚隔燕樂一關。古雅樂以琴。燕樂以琵琶。今俗樂以三絃。琴之么絃。即琵琶之大絃。三絃又即琵琶四絃而去其第一絃。由古及今絃遞小。聲亦遞高。其間蓋遞隔二韻。如琵琶用工字調。三絃用上字調。斯無不合矣。毛西河不明此理。以唐寧王宮中玉笛譜工尺推雅樂。是以今樂强合古樂。無怪其扞格不通。唐宋人填詞合樂。皆以合燕樂叶琵琶。今歌師所習南北曲。叶以三絃。即求與金元人合琵琶之北曲尚難强合。況上合燕樂。能不參差。此其故非梨園子弟所能明也。師大稱賞。詳具余上師書中。

伶人所祀之神。笠翁十種曲比目魚傳奇但稱爲二郎神。而不知其名。（比目魚入班齣賓白、凡有一教就有一教的宗主、二郎神是我做戲的祖宗、就像儒家的孔夫子、釋家的如來佛、道家的李老君、我們這位先師、極是靈顯、又極是操切、不像儒釋道的教主、都有涵養、不記人的小過、凡是同班裏面、有無暗昧不明之事、他就會覺察出來、大則降災禍、小則生病生瘡、你們都要緊記在心、切不可犯他的忌、）紀文達公灤陽消夏錄曰。伶人祀唐明皇。以梨園子弟也。今按灌口二郎神爲天帝貴戚。元人作西遊記。盛稱二郎神靈異。非伶人所祀也。伶人所祀。乃老郎神。（粵東省城梨園會館世俗呼爲老郎廟、）安次香曰。伶人所祀神。乃後唐莊宗。非明皇也。次香蓋聞之宋碧篘。然亦但以新五代史有伶官傳故。臆度當然。實亦未有確據。余每入伶人家。諦視其所祀老郎神像。皆高僅尺許。作白皙小兒狀貌。黃袍被體。祀之最虔。其拈香必以丑脚。云昔莊宗與諸伶官串戲。自爲丑脚。故至今丑脚最貴。今入班訪諸伶者。如指名訪丑脚則諸伶奔走列侍。其但與生旦善者。諸伶不爲禮也。今召伶人侑酒者。間呼丑脚入座湊趣。斯爲行家。每演劇。必丑脚至。乃敢啟箱。俟其調粉墨筆塗抹已。諸花面始次第傅面。廣州佛山鎮瓊花會館。爲伶人報賽之所。香火極盛。每歲祀神時。各班中共推生脚一人。生平演劇未充厮役下賤者。捧神像出龕。入綵亭。數十年來。惟武小生阿華一人。捧神像至今。無以易之。阿華聲容技擊。並皆佳妙。在部中歲俸葢千餘金云。然老郎神爲何人。卒無定論。余嘗見伶人家堂。有書祖師九天翼宿星君神位者。問之。不能言其故。小霞爲余言。聞諸父老。老郎神耿姓。名夢。昔諸童子從教師學歌舞。每見一小郎。極秀慧。爲諸郎導。固非同學中人也。每肄業時必至。或集諸郎。按名索之。則無其人。諸郎既與之習。樂與之遊。見之則智慧頓生。由是相驚以神。後乃肖像祀之。說頗不經。然吳人晨起禁言夢。諸伶尤甚。

不解其故。如小霞言。是禁言夢者。諱其神名也。此事載籍無可考。所傳聞又多不盡可信。姑附記以俟博物君子。區心廬言。梨園會館有碑。載老郎神事甚悉。惜不記其文。梨園會館在廣州城歸德門內魁巷。心廬

此言在岳州。時戊戌中秋也。異日當寓書家弟蘊生。使就其地搨文。但恐秉筆者言之無文。未免令人有楓落吳江之慨耳。

壬寅立夏日記。

京塵劇錄終

曲概

清劉熙載融齋撰

曲與詞

曲之名古矣。近世所謂曲者。乃金元之北曲及後復溢爲南曲者也。未有曲時。詞卽是曲。旣有曲時。曲可悟詞。苟曲理未明。詞亦恐難獨善矣。

詞曲互補不足

詞如詩。曲如賦。賦可補詩之不足者也。昔人謂金元所用之樂嘈雜淒緊緩急之間。詞不能按。乃更爲新聲。是曲亦可補詞之不足也。

成套之本

南北成套之曲。遠本古樂府。近本詞之過變。遠如漢焦仲卿妻詩。敘述備首尾。情事言狀。無一不肖。梁木蘭辭亦然。近如詞之三疊四疊。有戚氏鶯啼序之類。曲之套數。殆卽本此意法而廣之。所別者。不過次第其牌名。以爲記目耳。

分牌卽樂之章解

樂曲一句爲一解。一章爲一解。並見古今樂錄。王僧虔啓云。古曰章。今曰解。余按以後世之曲言之。小令及套數中牌名。無非章解遺意。

本色當家處

洪容齋論唐詩戲語。引杜牧「公道世間惟白髮。貴人頭上不曾饒。」高駢「依稀似曲才堪聽。又被吹將別調中。」羅隱「自家飛絮猶無定。爭解垂絲絆路人。」余謂觀此則南北劇中之本色當家處。古人早透消息矣。

借俗寫雅

魏書胡叟傳云「旣善爲典雅之詞。又工爲鄙俗之句。」余變換其義以論曲。以爲其妙在借俗寫雅。面子疑于放倒。骨子彌復認眞。雖半莊半諧。不皆典要。何必非莊子所謂「直寄焉以爲不知己者詬厲」

北快南諧

耶。

王元美云「詞不快北耳。而後有北曲。北曲不諧南耳。而後有南曲。」何元朗云「北字多而調促。促處見筋。南字少而調緩。緩處見眼。」二說其實一也。蓋促故快。緩故諧耳。

張喬小令

元張小山喬夢符爲曲家翹楚。李中麓謂猶唐之李杜。太和正音譜評小山詞如披太華之天風。招蓬萊之海月。中麓作夢符詞序稱「評其詞者以爲若天吳跨神鼇。噀沫于大洋。波濤洶湧。有截斷衆流之勢。」案小山極長于小令。夢符雖頗作雜劇散套。亦以小令爲最長。兩家固同一騷雅。不落俳語。惟張尤翛然獨遠耳。

破有破空

曲以破有破空爲至上之品。中麓謂小山詞「瘦至

北曲造詣

清深豪曠婉麗

北六宮十一調聲情

骨立。血肉銷化俱盡。乃鍊成萬轉金鐵軀。」破有也。又嘗謂其「句高而情更款。」破空也。

北曲名家。不可勝舉。如白仁甫。貫酸齋。馬東籬。王和卿。關漢卿。張小山。喬夢符。鄭德輝。宮大用。其尤著也。諸家雖未開南曲之體。然南曲正當得其神味。觀彼所製。圓溜瀟灑。纏綿蘊藉。于此事固若有別材也。

太和正音譜諸評。約之只清深豪曠婉麗三品。清深如吳仁卿之山間明月也。豪曠如貫酸齋之天馬脫羈也。婉麗如湯舜民之錦屏春風也。

北曲六宮十一調。各具聲情。元周德清氏已傳品藻。六宮曰。仙呂清新綿邈。南呂感歎傷悲。中呂高下閃賺。黃鐘富貴纏綿。正宮惆悵雄壯。道宮飄逸清幽。十一調曰。大石風流蘊藉。小石旖旎嫵媚。高平條暢滉漾。般涉拾掇坑塹。歇指急併虛歇。商角悲傷婉轉。雙調健捷激裊。商調悽愴怨慕。角調嗚咽悠揚。宮調典雅沈重。越調陶寫冷笑。製曲者每用一宮一調。俱宜與其神理吻合。南曲之九宮十三調。可準是推矣。

借宮

曲有借宮。然但有例借。而無意借。既須考得某宮調中可借某牌名。更須考得部位宜置何處。乃得節律有常。而無破裂之病。

曲牌名體之同異

曲套中牌名。有名同而體異者。有體同而名異者。名同體異。以其宮異也。體同名異。亦以其宮異也。輕重雄婉之宜。當各由其宮體貼出之。

歌曲之神理

牌名亦各具神理。昔人論歌曲之善。謂玉芙蓉。玉交枝。玉山供。不是路。要馳騁。鍼線箱。黃鶯兒。江頭金桂。要規矩。二郎神。集賢賓。月兒高。念奴嬌本序。刷子序。

要抑揚。蓋若已兼爲製曲言矣。

依格

曲莫要于依格。同一宮調。而古來作者甚多。既選定一人之格。則牌名之先後。句之長短。韻之多寡平仄。當盡用此人之格。未有可以張冠李戴。斷鶴續鳧者也。

最患失調

曲所以最患失調者。一字失調。則一句失調矣。一牌一宮俱失調矣。乃知王伯良之曲律。李元玉之北詞廣正譜。原非好爲苛論。

聲記

姜白石製詞。自記拍于字旁。張玉田詞源詳十二律諸記。足爲注脚。蓋卽應律之工尺也。遼史樂志云。大樂其聲凡十。五凡工尺上一四六勾合。樂家既視遼志爲故常。當不疑姜記爲奇秘矣。

辨上去

曲辨平仄。兼辨仄之上去。蓋曲家以去爲送音。以上爲頓音。送高而頓低也。辨上去。尤以煞尾句爲重。煞尾句。尤以末一字爲重。

結聲

玉田詞源。最重結聲。蓋十二宮所住之字不同者。必不容相犯也。此雖以六凡工尺上一四勾合五言之。而平上去可推矣。

楔子引子

北曲楔子。先于隻曲。南曲引子。先于正曲。語意旣忌占實。又忌落空。旣怕罣漏。又怕夾雜。此爲大要。

篇法始中終

曲。一宮之內。無論牌名幾何。其篇法不出始中終三停。始要含蓄有度。中要縱橫盡變。終要優游不竭。

章法纍如貫珠

纍纍乎端如貫珠。歌法以之。蓋取分明而聯絡也。曲之章法所尚亦不外此。

曲句奇偶

曲句有當奇。有當偶。當奇而偶。當偶而奇。皆由昧于句讀韻脚及襯字。以致誤耳。

襯字

曲于句中多用襯字。固嫌喧客奪主。然亦有自昔相傳用襯字處。不用則反不靈活者。

代字訣

曲止小令雜劇套數三種。小令套數不用代字訣。雜劇全是代字訣。不代者品欲高。代者才欲富。此亦如詩言志。賦體物之別也。又套數視雜劇尤宜貫串。以雜劇可借白爲聯絡耳。

重小令

曲家高手。往往尤重小令。蓋小令一闋中。要具事之首尾。又要言外有餘味。所以爲難。不似套數可以任我鋪排也。

務頭

辨小令之當行與否。尤在辨其務頭。蓋腔之高低節之遲速。此爲關鎖。故但看其務頭深穩瀏亮者。必作家也。俗手不問本調務頭在何句何字。只管平塌填去。關鎖之地旣差。全闋爲之減色矣。

六部收聲

曲以六部收聲。東冬江陽庚青蒸七韻穿鼻收。支微齊佳灰五韻展輔收。魚虞蕭肴豪尤六韻斂脣收。真文元寒刪先六韻舐齶收。歌麻二韻直喉收。侵覃鹽咸四韻閉口收。六部既明。又須審其高下疾徐歡愉悲戚。某韻畢竟是何神理。庶度曲時情韻不相乖謬。

入聲

詩韻有入聲者。東冬江真文元寒刪先陽庚青蒸侵覃鹽咸是也。北曲韻俱無入聲。詩韻無入聲者。支微魚虞齊佳灰蕭肴豪歌麻尤是也。北曲韻卽以東冬至鹽咸各韻入聲。配隸支微等韻之平上去三聲。如屋本東之入聲。沃本冬之入聲。曲俱隸魚模上聲。以及覺本江入。曲隸蕭豪上。質真入。曲齊微上。物文入。曲魚模去。月元入。曲車遮去。曷寒入。曲歌戈平。黠刪入。曲家麻平。屑先入。曲車遮上。藥陽入。曲蕭豪去。陌庚入曲。皆來去。錫青入。職蒸入。緝侵入。曲俱齊微上。合覃入曲。歌戈平。葉鹽入曲。車遮去。洽咸入曲家麻平。是其概已。

平仄互叶

平仄互叶。詞先于曲。如西江月。醜奴兒慢。少年心。換巢鸞鳳。戚氏。是也。又鼓笛令。撥棹子。蝶戀花。漁家傲。惜奴嬌。大聖樂。亦俱有互叶之一體。然詞止以上去叶平。非若北曲以入與三聲互叶也。

用入作平

入聲配隸三聲。中原音韻自一東鐘至十九廉纖。皆是也。然曲中用入作平之字可有而不可多。多則習氣太重。且難高唱矣。

入之清濁與三聲

昔人言正清次清之入聲。北音俱作上聲。次濁作去。正濁作平。此特舉其大略而已。檢中原韻部。入作上者。雖皆清聲。要其清聲之作去者。不下十之三四。作平者亦十之二三。焉得不別而識之。

南北用韻

北曲用中原音韻。南曲用洪武正韻。明人有其說矣。然南曲祇可從正韻分平上去之部。不可用其入聲爲韻脚。案正韻二十二韻。入聲凡十。自東之入屋。以至鹽之入葉。其入聲徑讀入聲。三聲皆不能與之相叶。卽句中各字。于中原之入作平者。弁以勿用爲妥。蓋南曲本脫胎于北。亦須無使北人棘口也。

陰陽

曲家之所謂陰聲。卽等韻家之所謂清聲。曲家之所謂陽聲。卽等韻家之所謂濁聲。自切韻指掌。切韻指南。四聲等子。于三十六字母。已標清濁。明陳藎謨獻可之轉音經緯。尤明白易曉。是以沈君徵度曲須知列入之轉音經緯見端知幫非精影照。八母爲純清。溪透徹滂敷。曉清心穿審。十母次清。羣定澄竝奉匣

收音出音圓音尖音

從邪牀禪十母純濁。疑泥孃明微喻來日八母次濁。總無所謂半清半濁。不清不濁者。故可尚也。曲韻自中原音韻始分陰陽平明范善溱中州全韻始分陰陽去。後人又分陰陽上。且于入聲之作平上去者。均以陰陽分之。其實陰陽之說未與清濁之名早立矣。曲辨聲音。音之難知。過于聲。聲不過如平仄頓送陰陽而已。音則有出音收音。圓音尖音之別。其理頗微。未易悉言。姑舉其概曰。蕭出西。江出幾。尤出移。魚收于。模收嗚。齊收噫。麻收哀。巴切之音圓。如其孝。尖如齊孝。

合聲與切字

度曲須知。謂字之頭腹尾音。與切字之理相通。切法卽唱法。余以爲唱法所用。乃係合聲。合聲者。切法之尤精者也。切字上一字爲母。辨聲之清濁。不論口法開合。合聲則兼辨開合矣。切字下一字爲韻。辨口法開合。不論聲之清濁。合聲則兼辨清濁矣。且合聲法。收聲不出影喻二母。如哀噫嗚于。皆是。

通音

事莫貴于真知。周挺齊不階古昔。撰中原音韻。永爲曲韻之祖。明嘉隆間。江西魏良輔創水磨調。始行于婁東。後遂號爲崑腔。眞知故也。余謂曲可不度。而聲音之道。不可不知。鄭漁仲七音略序云。釋氏以參禪爲大悟。以通音爲小悟。夫小悟亦豈易言哉。

雲起雪飛

張平子始解度曲。西京賦所謂度曲未終。雲起雪飛是也。製曲者體此二語。則于曲中揚抑之道。思過半矣。

北絃南板

王元美評曲。謂北筋在絃。南力在板。可知元美時。絃索之律。猶有存者。後此則知有板而已。然板存即是絃存。沈君徵論板之正贈。通于彈拍。近之。

正聲感人

樂記。「言聲歌各有宜。歸于直己而陳德。」可知歌無今古。皆取以正聲感人。故曲之無益風化。無關勸戒者。君子不爲也。

曲之名義

堯典末鄭注云。「歌所以長言詩之意。聲之曲折。」又「長言而爲之聲。中律乃爲和。」周禮樂師鄭注云。「所爲合聲。亦等其曲折。使應節奏。」余謂曲之名義。大抵卽曲折之意。漢書藝文志河南周歌聲曲折七篇。周謠歌詩曲折七十五篇。殆此類耶。

詞曲合一

詞曲本不相離。惟詞以文言。曲以聲言耳。詞辭通。左傳襄二十九年。杜注云。「此皆各依其本國。歌所常用聲曲。」正義云。「其所作文辭。皆準其樂音。令宮商相和。使成歌曲。」是辭屬文。曲屬聲。明甚。古樂府有曰辭者。有曰曲者。其實辭卽曲之辭。曲卽辭之曲也。襄二十九年正義又云。「聲隨辭變。曲盡更歌。」此可爲詞曲合一之證。

曲概終

中州切音譜贅論

清吳縣劉禧延撰

切音之學。讀書者每每不知。或淺視而譏株守。或畏難而歎望洋。以至習見之字。啓口多譌。其粗涉訓詁。後談古音者。甚或以爲瑣屑。而微茫之辨。終屬渾淪。審音識字。度曲家無足比數矣。而猶知掇拾其緒餘。未始非迷津一筏也。庚子辛丑歲。知交中有講求音律。因以中州韻相質者。往復辨析於出音收音之法。不厭其詳。論列既多。略具原委。乃哀次爲是編。名曰中州切音譜。

注明疑母本音

等韻字母本三十六。然方音互有異同。中州音呼疑母多作喻母。吳音則疑喻顯分兩呼。呼疑如喻。如喁作容。昂作杭。淸音。宜作移。危作爲。魚作余。吳作湖清音。獃作孩清音。銀作寅。顒作云。犴作寒清音。頑作還清音。顏作閑清音。刓作丸。言作焉。元作袁。敖作豪清音。堯作遙。鵝作河清音。牙作霞清音。迎作盈。藕作后清音。牛作尤。吟作淫。巖作咸清音。嚴作炎之類。一本齶音。一本喉音。中州音通而爲一。然吳音亦間有沿之者。脣音之奉微。喉音之匣喻。吳音清濁不分。中州音則截然各異。且北人呼微母混作喻母。吳人土音又歸明母。微明類隔。猶不甚遠。至呼日母竟作疑母。此類豈得以本音繩之。呼微如喻。如志作王。微作爲。無作胡清音。文作渾清音。萬作患清音。物作活清音。襪作滑清音之類。呼微如明。如志作茫。微作迷。無作模。文作門。萬作慢。物作末。襪作陌滑切之類。呼日如疑。如絨作疑容切。讓作仰去聲。兒作倪。人作銀。饒作疑搖切。任作吟。染作儼。日作逆入聲。肉作玉。蒻作虐。熱作業之類。是編先從中州音作切。疑母字本音注明於下。吳下土音。日母實作泥母呼。但呼泥母齊齒字。一如疑母。故日母之作泥母。與疑母一無分別耳。按韻書日母字。多有轉音入泥母者。穠音茸。而轉音濃。齈音穠。而轉音孃。砈音而。而轉音耐。捼音蕤。而轉轉音鐃禾切。䰭音儒。而轉音奴侯切。愞音輭。而轉音煖去聲。又捼去聲。橈音饒。而轉音鬧。肉音蹂。而轉音狃、拼音髯、而轉音南、郞音內、而轉音狃、祖音日、而轉音昵、茶音熱、而轉音爲涅、爲籋、又爾轉音別作你、乳轉音別作孃、廿音入、而俗轉音讀作念、其他以文字偏旁而轉音如此者、尤不可枚舉、然則如吳音之讀日母作泥母、在昔已然矣、

北四聲與全聲之非

北人呼平聲有陰陽。而上去無陰陽。入聲分隸三聲。陰入聲隸上聲。陽入全濁者隸平。叶如陰平。次濁者隸去。叶如陰去。是不復分平上去入四聲。別爲陰平陽平上去四聲。以至馬氏等韻。刪併字母。凡全濁音一概省去。併羣於溪、併定於透、併並於滂、併奉於敷、併從邪於清心、併牀禪於穿審、併匣於曉、其併喻於影、則次濁音也、平上去入之外。別目陽平聲曰全聲。意欲簡盡。實則狃於土音。不可爲訓。李氏音鑑亦沿其謬。不復知上去入有陰陽。以之讀一方之音則可。以之讀天下之音則隔窒難通矣。

影喻乃元音

字母中惟影喻二母字至純且清。乃字之元音。轉喉

中州音與吳音四聲陰陽不同

閒卽有此音。如小兒初生。其啼聲開口則爲阿。阿呼如吳下土音捱字。今北人有此音。合口則爲哇。合口俗稱滿口及學語則啞啞作聲。皆此母也。蓋音之初起。虛則爲影喻二母音。影細而喻稍洪。由虛而實爲見母端母音。稍縱爲曉匣溪羣透定諸母音。漸而推之。則音寖廣矣。人聲始發於喉。由喉而舌。而齶。而齒。至于脣。則其聲盡矣。而餘聲還入喉中。總之。凡字之餘音。終歸影喻。故歌者搖曳其聲而使之長。亦惟此音而已。此類書及古韻發明等書。皆以此爲先聲也。

北音與吳音輕重不同。北音呼陰平。如吳音陰上聲。其陽平如吳音陰平聲。上聲陰陽無別。概如吳音陰去聲。去聲亦陰陽無別。概如吳音陽去聲。入音則陰陽概叶三聲之陰聲。今卽唱北曲者。亦不從此。蓋已別爲崑腔之北音。而非真北音。前明江右魏良輔。於南曲改舊唱法。別爲水磨

上去悉分陰陽

調。以艮輔時方寓崑。故謂之崑腔。後幷北曲亦流入崑腔。而舊時唱法。俱不復存矣。則統曰中州音而已。即就中州音論。呼陰平陰去與吳音無分高下。吳音陽平則如中州音陽去。蓋中州音陽去。獨呼一字。猶與吳音近。連上字呼。亦猶獨呼之音。連下字並呼。則近吳音陽平。若中州音陽平與吳音相混。則非平聲而竟去聲矣。至呼中州音上聲。易混陰平。此聲宜向上挑起。稍一轉折。便似去聲。故欲呼正者。反似近乎陰平。若全濁音。中原音韻已移入去聲。亦勢之不得不然。雖南曲唱去聲多高腔。唱上聲多低腔。固顯有徑庭。實則上聲極難穩順。特習焉不察耳。四聲唱法。吳江徐靈胎樂府傳聲論之最詳。

周德清中原音韻。上去聲不分配陰陽。蓋其時演唱院本。上去聲陰陽本無辨別。推而論之。知初行南曲。

上聲確有陰陽

弁入聲之本音。猶然未分界限也。即以方音論·不但北人如此·近而金陵京口等處·呼上去聲已陰陽無別·入聲亦然·後人輯韻。更分清陰陽。毫不相混。一如平聲之例。今皆從之。若復用周德清舊音。轉必駭聽矣。去入聲陰陽呼之俱易分明。獨上聲陰陽最難顯分界限。即了然于心。亦未必了然于口。其陽聲清者指次濁言·呼之似近陰聲濁音。指全濁言·又似近乎陽去。故中原音韻與全濁音多歸入去聲。中州全韻仍之。去聲則有區別。上聲亦未即劃然分出也。近虞山周少霞始分定陰陽。而字音仍多蒙混。是編庶免此失矣。

國初錢唐毛稚黃謂曲韻平去入俱有陰陽。而上聲無陰陽。必謂上聲有陰陽。支離矯强。必爲韻禍。夫名物象數。奇必有耦。音以類從。平去入俱有陰陽。何獨上聲無陰陽。若止純清次清。無次濁全濁。純清次清陰也。次濁全濁陽也。則音缺而不全。上聲一類僅得爲音之餘閏。不足以配平去入而爲四矣。因上聲仍沿俗讀。混而莫辨。遂率臆輕爲此說。此眞支離矯強爲韻禍之甚者也。

切音者上字用雙聲。下字用疊韻。然古人用雙聲止取同字母。而四呼不分。用疊韻止取本韻字。而不拘清濁輕重。國初吳江潘次耕作類音。卽用同呼字作切開口字用開口音。齊齒字用齊齒音。合口撮口字用合口撮口音。其二十四類圖譜專用影母字分四等呼法。蓋此音至輕至清。呼之一似字尾所曳之餘音。華嚴演唱一音疊十三字。皆此音也。言等韵者。先止有開口合口之名。而開合各分二等。後更于開口中析其一曰齊齒。于合口中析其一曰撮口。此法最爲

仍從十九韻部

徑捷。但其切音好用僻字。檢閱爲難。近太倉沈苑賓韻學驪珠。以中州全韻爲底本。參以中原音韻。洪武正韻。其切音又加明顯。總之。上音用同呼字。下音用本韻影喻二母字。相摩而合成一音。呼之者固讀二字之音。聽之者止覺爲一字之音。譬如畫家和色。胭脂入花青則成紫色。藤黃入花青則成綠色。未入之先。紅黃與青。各爲一色。及兩色相攙。則但成一色。不復辨其爲本兩色矣。是編切音。從苑賓本者十之五六。其有未純者。略加更定。人第即所切呼之。當無不迎刃而解也。

中原音韻原十九部。後人於齊微魚模中分出兩部。以微與灰魚與模顯分兩音也。然就北音論之。飛讀弗威切。肥讀佛韋切。皮讀如裴。(脣音)微讀如爲。(脣音混入喉音)

南曲不得從詞韻

魚模則書讀叔烏切。朱讀竹烏切。樗讀觸烏切。除讀逐乎切。（齒音）此類不可枚舉。北音本如是。故不必分也。各析爲二。固合於南音。而北音之真失矣。是編不更立部目。以存舊本之真。分配微與灰魚與模。界限仍自明劃。其法庶爲兩盡云。

前人製曲。用韻錯雜者不必論。其或南曲用韻從寬。支思齊微同用。似從詞韻之例。其意蓋謂中原音韻專爲北曲而設。南曲用之。近乎拘隘。然今南曲所讀之音。其部分與中原音韻無甚判別。獨用韻合併。其音終涉兩歧。於中原音韻合者分之。（齊微魚模）分之固從嚴密矣。或又於舊所分者改而合之。豈非彼此乖違乎。金章宗時董解元西廂。別係彈唱院本。（元人雜劇亦仍院本之名。而非其舊。）其用韻之寬。猶是詞例。至元人變爲雜劇。而部分始嚴。作北曲者更不得以董西廂藉口也。

中原音韻部目。一東鍾。十九廉纖。各以二字標出。如江陽。皆來。真文。蕭豪。家麻。侵尋。監咸。俱上字從陰。下字從陽。他部或統用陰聲。東鍾、支思、先天、歌戈、車遮、庚青。或概從陽聲。齊微、魚模、尤侯。或陰陽倒置。寒山、桓歡、廉纖。後人訾其不一律。不知德清分部。其標目從舊韻出者居多。東江陽支齊微魚真文寒先蕭豪歌麻庚青尤侵咸。明見通行韻書。固不必論。即如鍾模皆桓禮部韻略避欽宗諱、改桓爲歡。山戈侯。廣韻中本有此目。非盡自立也。且詞家有綠裴軒詞韻。此書部分、實曲韻也。亦分十九部。如東紅邦陽。其目大同小異。不分配陰陽。未爲不善。即分配陰陽。亦不得爲盡善。此雖無與韻書之得失。而終不可不知其所自來。是編部目。一仍周本。亦所以還舊觀也。

東鍾江陽乃次鼻音

東冬不應分

江陽不當因所呼不同而更析

東鍾　此韻及江陽係次鼻音。庚青則正鼻音。字音半入鼻中爲次鼻音。字音全入鼻中爲正鼻音。前明沈君徵收音訣云。曲度庚青急轉鼻音。江陽東鍾緩入鼻中。明乎收音有緩急。鼻音正次之分了然矣。沈苑賓止見東冬魚虞今韻各分二部。遂臆定東冬等爲二音。殊不知廣韻支脂之佳皆刪山先仙蕭宵庚耕清青覃談咸銜亦俱分部。在當時諸音本有軒輊。而今已統同。（類音列東冬。一合口。一開口。此本非中州音。）無論中原音韻。即正韻及韻學集成。東冬音亦併爲一。且他韻既從中州音。獨此分析。亦殊非例。苑賓論今韻部分輒云未詳其義。是其於聲韻之流變。本末之究也。

江陽　前明王伯良曲律論韻一則。謂江陽與邦王。真親與文門。呼之殊自逕庭。所宜更析。此論甚謬。江

江陽東鍾
之土音

陽與邦王真親與文門。不過齊齒開口之分。（王合口呼。）而音則無別。夫音本一類。因所呼之不同。以致歧出。（文門舊亦合口呼。今多作開口呼。故此亦仍俗言之。）如齊微魚模者固當更析。寒山與桓歡。家麻與車遮。亦猶是耳。必舉江陽真文亦分爲二。若皆來之該孩則開口。皆諧則齊齒。寒山之干寒則開口。閑閒則齊齒。蕭豪之高豪則開口。交肴則齊齒。（交肴舊音本開口呼。）庚青之亨恆則開口。與行則齊齒。監咸之甘含則開口。監咸則齊齒呼之。亦微有異。亦將在所更析乎。愼甚矣。

弋陽土音。於寒山桓歡先天韻中字。或混入此韻。如關官作光。丹端作當。班般作幇。蠻瞞作茫。蘭鸞作郎。山作傷。音似桑。安作咉。難作囊。完作王。年作匿杭切之類。明人傳奇中。盛行如鳴鳳記。用韻亦且混此土

支思通屬齒音

音。而并雜入他韻。吾吳土音。呼此韻正齒音。或作齒頭音。章混臧。閶混倉。傷混桑。嘗作俗杭切。（他韻如此類者至多。）

或問子於土音各韻。既歷言之。如東鍾韻亦有土音之異乎。余曰。徽人讀東鍾韻字公如昆。（俗多誤讀昆如坤。）風如分。翁如温。逢如墳。紅如渾。東如登。同如騰。隆如棱。多近真文庚青韻。凡諸韻中兼論土音。亦偶卽所知證之。其實未能概及也。

支思　此韻通屬齒音。吳下正齒音多作齒頭音。（照穿等母正齒音。精清等母齒頭音。）巵如資。差如雌。師如司。匙如詞。（他韻齒音字亦多類此。）度曲家於此類。名曰穿牙。以爲識別。使其不混土音。是但以此爲齒音之詩資雌思時慈詞兒之爲齒音。（兒屬日母半齒音。今人多讀近舌音。吳下土音又讀如倪。）猶多疑似也。嘉湖一帶。齒頭音大半作正齒音。呼之一似齶音喉音。

如齏似基。妻似欺。齊似期。西似希。煎似堅。千似牽。前似乾。鮮似軒。涎似賢。涎今混作殘音。此據正音言。精似經。清似輕。晴似擎。星似興。錫似行之類。本皆等韻齊齒呼。此韻祇等韻開口呼。故較然不混。

齊微須噫字收音

齊微　韻中歸魁堆推杯坏嵬催雖錐吹水威灰葵頹餒裴梅摧隨垂誰韋回雷蕤等字。後人析爲歸回韻。俱須噫字收音。皆來亦然。今人于此韻尚或知收噫字。皆來之混入此韻者無論矣。即或出音呼正。而收音尠知亦用噫字。此只呼得半字。未曾呼得全音也。

入讀平上去法

入聲讀平上去。止須先呼入聲本字。收音即用所叶音。即如此韻叶平用移。叶上用倚。叶去用異。一呼即得。此爲至便至捷之法。蓋入聲曳長呼之。本有此音。

吳音於齒音齶音合口開口撮口互歧

魚模撮口

固天籟之自然也。他韻俱可類推。間或所叶不肖本音。則在四呼之別。熟辨字母。自能解悟。其特匐孛賊核或國克得忒筆北則黑墨勒等字。用韋叶平委叶上胃叶去作開口呼。略如孩欸亥呼法。而轉收本韻。孩亥用吳音。作亥濁音。仍與孩欸亥有別。乃不入皆來。韻中齒音合口字。吳音作開口呼。入支思。錐作支。吹作差。從正齒音。葵作詩。椎作直時切。臨文則讀作哉猜腮才。皆來中齋釵篩柴亦然。其齶音喉音合口字。又作撮口呼。入居魚。歸作居。虧作區。樞作渠。餧作飫。諱作酗。圍作于。其歧互乃如此。

魚模　韻中撮口字。後人析爲居魚韻。其屬齒音者吳人俱讀如支思齊微韻。諸作支。樗作差。從正齒音。書作詩。苴作躋。蛆作淒。胥作西。除作直時切。殊作時。徐作夕移切。聚作集異切。如作日時切。沽模韻中梳蔬字。吳語讀如司。居魚

魚模合口

皆來歸回之辨

韻鬚字又讀如蘇。至吳興語全無撮口字。讀居如基。袪如欺。渠如其。於如伊。餘如移。概作齊齒呼。又閭作黎。此半舌音。前人詞曲亦有沿土音而誤入支思齊微者。知作撮口呼。自無此失。近周少霞竟分此韻及齊微韻中字。別立知如一韻。豈非妄作乎。

韻中合口字。卽今所謂沽模韻也。前人呼此韻者字俱飽滿。孤本骨烏切。枯本窟烏切。烏本斡孤切。呼本忽烏切。他字無不類此。卽入聲之谷本骨屋切。酷本窟屋切。今人皆不盡然。似乎開口呼矣。若將此韻呼正。他韻合口字如東鍾韻公空翁烘紅之類。亦無不得其的音也。

皆來　此韻每有混入歸回韻者。如乖作歸。歪作威。衰作色威切。台作頹。懷作回之類。此不知分別韻脚之病也。若落腮呼之。自然確肖本音。或乃以二韻難辨爲苦。余以爲正易分別。韻中字吳語多有顯異歸回者。乖讀如中州音孤。歪讀如中州音哇。懷讀如中州音華。排讀如中州音爬。埋讀如中州音麻。此類顯然可辨。但以吳語記別。即可啓口得其真音。又何有二韻相混哉。

真文　此韻及寒山桓歡先天俱抵齶音。抵齶者。以舌尖抵上齶作收音也。今人止知出音之法。而收音一法略不經心。但有上半音。而下半音缺如。以致庚青之鼻音。侵尋之閉口。略與此韻無別。使聞者茫不知爲何一韻。即有知爲當抵齶者。及問其如何抵齶。仍然鶻突。則知猶不知而已。沈君徵度曲須知詳論抵齶鼻音閉口之法。剖析毫芒。可謂度盡金鍼。審音者所當切究也。寒山不可混監咸。先天不可混廉纖。俱須將韵中字認明。但觀其字之體例。以類相從。自有分別

真文之齶音喉音字四呼皆全

寒山齊齒須如開口呼

桓歡皆合口呼

韻中齶音喉音字如根斤昆鈞恩因溫氳等類。四呼皆全。齒音如臻津遵竣。臻本正齒音。非一例。欲知開齊合撮之分。于此韻辨之。則尤易入也。

寒山　韻中齊齒音。須如開口呼乃的。今人于干刊安鼾寒等字。皆知開口出音。間慳𪘲顏閑知從齊齒。而仍與先天之堅牽煙言賢無別。今婁東土語。呼干作華煙切。鼾作赫烟切。寒作刼焉切。其關單灘班攀番岸壇難辦煩蠻蘭等字。亦概近先天韻。呼桓歡韵亦然。此收韻不清之故。仍以吳人土音論之。呼間如中州音干。慳如中州音刊。𪘲如中州音安。閑如中州音寒。顏作額韓切。齶音韓如中州音讀。土音亦不混先天也。此等字但以吳語記認。即知其非先天韻中字。而無不讀正矣。

桓歡　此韻本皆合口呼。即如端都𥥍切。湍吐𥥍切。般逋𥥍切。潘鋪𥥍切。鑽租𥥍切。鋑粗𥥍切。酸蘇𥥍切。

先天必用煙字歸韻

團徒丸切。盤蒲丸切。瞞謨丸切。攢徂丸切。鸞盧丸切。今言中州音者。但於官寬剜歡丸桓等字作合口音。其端湍般潘鑽鋑酸團盤瞞攢鸞。以得忒百拍則測塞特白墨賊勒作出音。歸韻借剜丸作開口讀。如吳音之呼安寒。蓋取其音較輕揚也。或有誤讀搬如班。潘如攀。瞞如蠻。盤如辦平聲者。又混入寒山矣。今北人音或讀官如關寬作闊彎切。剜如彎。歡作忽彎切。丸如頑。

先天　韻中撮口字。如涓棬專川鐫痊宣鴛喧之類。今人竟作桓歡音。如此前人何獨又歸入先天耶。但謂此等字桓歡所無。而不知必用煙字歸韻。始爲先天之本音。涓竟作居煙切。棬區煙切。專朱煙切。川樗煙切。鐫苴煙切。痊蛆煙切。宣須煙切。鴛於煙切。喧虛煙切。權渠焉切。全聚焉切。旋徐焉切。傳除焉切。緣于焉切。懸穴焉切。孿閻焉切。㬉如焉切。其音更的。若依舊切。即將下一字呼正。如上法。鴛作于煙。緣作于焉。則他字無不得其的音。王伯良妄謂韻中撮口字不類先天。欲移併入桓歡。亦坐不察耳。

俗讀旃氊廛蟺禪然等字。亦與桓歡韻混。若從此讀。亦將如王伯良所云移併桓歡乎。知切音下字概用煙焉。自歸一律。

蕭豪　此韻及尤侯韻。俱須嗚字收音。如呼蕭作西幺嗚。西則字頭。幺則字腹。嗚則字尾。猶之皆來收噫字音。呼皆作基挨噫。基則字頭。挨則字腹。噫則字尾。字音如此方圓足。蓋一字之音析之則有三字。今人止知有兩字之音。而尠知有三字之音。收音之不講久矣。

齊齒開口自有部次

歌戈與沽模出音不同

歌戈自有開合

廣韻蕭宵齊齒音。豪開口音。以肴之齊齒兼開口音介其間。部次分列。自有條理。可參究也。中州音讀嘲近朝。鈔近超。巢近潮。梢近燒。而作開口音。至吳語呼交如高。敲如尻。坳如鏖。哮如蒿。亦肴韻中之齊齒作開口音者。

歌戈　此韻與沽模收音相似。而出音則不同。今人呼此韻。竟有與沽模混者。實則沽模先未呼正合口。而讀歌戈字亦隨口滑過。安能將兩韻分清乎。不肯講究收音。已屬通病。出音間微茫之辨。尤無解悟者。人能於出音收音二者會而通之。斷未有呼字不的者矣。

前人論此韻爲開口。沽模最爲破的。知此自無混呼之弊。然所謂開口。以別沽模而言之。須知此韻仍有開合之分。開口字出音與蕭豪近。合口字出音與家麻近。列此二者之間。洵天籟之自然。本有次第。未嘗紊亂。今更立一至顯至易之法。讀歌作高阿切。珂尻阿切。多刀阿切。拖叨阿切。波包阿切。坡抛阿切。左早娿切。搓操阿切。婆騷阿切。阿鏖窩切。呵蒿阿切。駝陶何切。那鐃何切。婆袍何切。摩毛何切。（波坡婆摩。本合口字。此作開口。亦仍俗也。）艖曹何切。俄敖何切。何豪俄切。羅牢何切。戈瓜窩切。科誇窩切。窩蛙阿切。火花婐切。和華何切。如此不特開口者不與沽模混。合口者亦不與沽模混矣。人或又因此論以爲蕭豪收音用嗚。此所論開口呼法。又似呼蕭豪。非呼歌戈。此無論嗚音與阿音不同。（今北人呼此韻。或近尤侯。或近吳音呼家麻之半。虞山土音。則亦多近尤侯。）即收音與本音。大有輕重。本音則必重呼。使字之本身飽滿。蕭豪

家麻古音所無

收嗚。但於字尾作餘音而已。豈得謂似蕭豪而非歌戈哉。

家麻 古無家麻及車遮音。其字但如今魚模及歌戈音讀。家瓜讀如孤。誇如刳。牙如吾。拏如奴。或作女平聲。巴如逋。葩如鋪。杷如蒲。蟆如謨。渣如租。茶如荼。類隔音。茶俗𣘻字。古但作荼。諸所論列。類兼俗書。祇辨音讀。不及字畫。鴉窊如烏。鴉古但作烏。花如吁。花古但作蕚。說文草木華也。孫愐音況于切。玉篇火于芳于二切。廣韻況于切。今方音或有讀花作忽窩切。讀化如貨者。與歌戈叶。正近古音。前人皆讀花如敷。則止從芳于切。此猶讀車尺遮切如居。均非聲轉。華如胡。據此則歌戈中字從華聲者。古音并當讀如胡聲。媧如過。他如拖。他拖二字。今又作陰平聲。他那打話等類。讀入家麻者。廣韻諸書。亦無此音。宋詞始偶一見之。麻如摩。奓如多。類隔音。差如磋。查如䶥。沙如莎。遐如何。遮如諸。罝如苴。且如取。邪如徐。其音耶者如余。野如與。社如署。六經諸子及漢魏以來文辭皆如此。自代北

車遮不當與家麻混

藥部字有叶家麻者

入據中原。方語寖多更變。兼以天竺梵書廣經繙譯。增益今音。後來諸俚俗字。惟此韵爲多。如咱嗏吵嘛喛等類。疊見宋金元詞曲中。幷不在魏太武新增千餘字之數。自後編韻者別立此部。展轉迄今。中原音韻又分出其半。幷析歌戈中數字。別爲車遮韻。歌戈中字。如肥鞾䯞迦佉伽茄瘸臠之類。音讀固顯分畛域。而舊音厓略。渺不復存矣。

入聲藥部字。舊有借叶此韻者。如渥叶啞。剝叶把。覺叶假。學叶遐。卻叶跒。俱見董西廂。又歌戈中呵作哈平聲。麼作麻。車遮中奢作沙。其他參錯者不一。皆雜當時方音。不必從也。

車遮　吳語呼此韻字。與家麻無別。車如差。正齒音作齒頭音。遮如渣。賒如沙。蛇作沙陽聲。鞾作血窪切。姐作卽啞切。且作七啞切。爹作的鴉切。斜作夕牙切。啞鴉牙從中州

庚青透鼻音

音。爺如中州音牙。扯如中州音差上聲。[illegible]如中州音[illegible]華切。此切中州音有聲無字。彈唱家或因二韻通用。竟讀此韻作家麻。以爲通融借叶。雜吳語於中原雅音。不又儒衣僧帽道人鞵乎。

庚青 呼此韻字。須於字音乍吐時。即將本音透入鼻中。方與真文侵尋毫不相混。亦有讀庚阬罌莖等字作開口音。以革客厄核出切者。見類書。在南曲猶可。北曲則必不可從。若北人讀崩亨朋盲傾橫入東鍾韻。吳語則多有如江陽韻者。呼庚如中州音岡。阬如中州音康。繃如中州音幇。砰如中州音滂。棚如中州音旁。盲如中州音茫。爭如中州音臧。撑如中州音倉。橙如中州音藏。生如中州音桑。櫻如中州音映。亨如中州音炕。行如中州音杭。打如中州音黨。打本此韻字。音項。今

鼻音不清之失

京口猶兼存此音。而作去聲讀。吳語又讀家廡中那字如中州音曩。冷如中州音朗。讀正陽上聲與去聲近。前注中曩字亦然。硬作兀杏切。兀讀正齶音。杏從土音讀。其讀合口撮口字作東鍾韻。如肱泓轟宏。作開口音。局瓊縈兄縈之類。又與北音近。橫字不混東鍾。土音讀如中州音黃。其互相歧異若此。即此可知其鼻音之合也。

吳人或鼻音不清。呼土音如江陽中州音者。又微與寒山混。庚作岡而近干。阬作康而近刊。干刊亦從中州音。如岡康等字例。綳作幫而近班。砰作滂而近攀。棚作旁而近白寒切。寒亦從中州音。下同。盲作茫而近蠻。爭作臧而近則安切。撐作倉而近測安切。安亦從中州音。下同。橙作臧而近殘。生作桑而近珊。櫻作映而近安。亨作炕而近軒。軒亦從中州音。行作杭而近寒。打作黨而近擔。冷作朗而近嬾。硬作兀杏切。吳音。而近額汗切。額讀正齶音。汗亦從中州音。此則語音之偏

尤侯開齊之間難辨

侵尋閉口

監咸須開口呼

失者也。

尤侯　凡一韻中字。撮口與合口易辨。而開口與齊齒在豪螯之辨者。殊難分別。即如此韻。鉤鳩摳邱謳憂齁休。開齊之呼。顯然有異。至兜丟俗字掫揫裒滮樓劉等類。俱上開下齊。每多相混。能於此辨得明。分得清。則於聲音之道。思過半矣。

侵尋　真文有合口撮口音。如昆鈞溫氳渾云之類。至閉口則無此音。且此韻皆齊齒呼。其兼開口者。此所云開口。乃閉口韻中四呼之一也。若混視之。且將疑閉口何又開口矣。僅齒頭音作正齒音數字。如簪參岑森之類。並無真文所有根思痕等字之音。人能辨此。則知閉口與抵齶之所以異矣。庚青韻可即此類推。

監咸　韻中齊齒音。亦須如開口呼。今人呼監混兼。

廉纖止有齊齒

侵尋監咸廉纖無合口撮口

嵌混謙。滔混淹。巖混嚴。咸混嫌。與廉纖無別。一如寒山之混先天。即以吳人土音記認。監如中州音甘。嵌如中州音堪。滔如中州音諳。巖作額含切。巖音含。如中州音讀。咸如中州音含。亦可辨也。總而言之。監咸即開口之廉纖。廉纖即齊齒之監咸。寒山先天亦然．但閉口韻無合口撮口字．解此辨別。自不致混入廉纖。

廉纖　此韻止有齊齒呼。或於占覘蟾苫髯等字。亦沿吳音讀。一如先天之近桓歡。蓋見他本此數字互相作切。如音韻輯要之類．不能審辨。若並以淹炎作切音下字。如先天韻之例。本韻自不致贅出他音。

侵尋以下三部。無合口撮口字。但有齊齒及開口字。蓋出音合口撮口。則收音之閉口微礙。此天地之元音。純任自然。不可强也。人疑有抵齶真文。即有閉口

三韻脣音字分入他韻

洪武正韻及中原音韻之分部

侵尋。有抵齶寒山。卽有閉口監咸。有抵齶先天。卽有閉口廉纖。有抵齶桓歡。何獨無閉口音。不知桓歡皆合口音。沈君徵所云口吐丸也。今人或不盡從合口。故閉口收音。全缺此部。卽如寒山有關彎頑還等字。監咸無此音。先天有涓淵元懸等字。廉纖無此音。審此而音韻之微可悟已。

三韻中所有脣音字。如稟品泛凡范貶之類。中原音韻諸書皆分入他韻。品入真文。稟入庚青。凡泛范入寒山。貶入先天。蓋此數字出音已合脣。若再閉口收音。似未純。故分移於抵齶鼻音。此亦權宜之法。今人於此三部。皆不知閉口收音。與真文寒山先天庚青。漫無區別。可如此通融。前人分入他韻。殊無謂矣。

明人論曲。多有南從洪武。北叶中原之說。正韻分部。

平上去各二十二。猶今中州韵之二十一部。獨蕭爻兩分。故有二十二。入聲十部。詞韻入聲分爲五部。較此又寛。一屋二質三曷四轄五屑六藥七陌八緝九合十葉。類音所列十類。視此小有出入。併沃於屋。亦猶併冬於東。併物及月之半於質。月韵間有數字入轄韵。如刪韵例。亦猶併文及元之半於真。併月之半於屑。亦猶併元之半於先。併覺於藥。亦猶併江於陽。併錫職於陌。亦猶併青蒸於庚。併洽於合。亦猶併咸於覃。曷轄緝葉。亦猶寒刪侵鹽四部。其條理蓋如此。前明章道常韵學集成。公顗貢穀。四聲並列。眉目最清。覼廣韵江講絳覺諸部目字聲轉協。其端緒可見。若論古韵。其類例又別。蓋從偏旁文字而參考之耳。與中原音韻入叶三聲。其有無適相反。然中原音韻之無入聲叶者。所分部次又適相配合。曷轄之配寒刪。與寒山桓歡有小異。且各韻中字皆疑喻不分。一如中原音韻。蓋於諸韻書之外。別爲一書。當時謂此書爲官音。原不必以唐韻之例繩之。近沈苑賓入聲另編。其分部亦從正韻而小變耳。

中州韻諸書。如李書雲音韻須知。王履青音韻輯要。略舉音釋。無所發明。沈苑賓韻學驪珠。音切較善。然於聲音轉變源流。猶未深悉。至周少霞中州全韻。於諸字呼法。紛立名目。殊多未確。卷首諸論。好逞臆說。無足據依。反摘潘次耕所定開齊合撮之字。以爲訾議。由其於各字之出音。各韻之收音。剖析不清。故持論致多踳駁。入叶三聲。用本音通轉。亦顯然易知。乃自祕爲得之神授。此又淺妄之最甚者。是編論列。獨何敢自謂盡善。而或前人未盡宣之蘊。有以引伸之。庶于審音綱領。什得二三。其備舉吳音借以旁證者。亦曰在吳言吳而已。

非敷二母分純清次清

非敷二母等韻明分純清次清。如見溪端透之例與邦滂隔標。邦滂重脣音。是非卽邦之輕脣。敷卽滂之輕脣也。俗或誤讀滂字如旁。不知何時始讀非如菲。方如芳。分如芬。如此類者。竟混非敷爲一母。概無輕脣之純清音。然此音句在人口吻間。今吾吳讀微母上聲字。如罔尾舞吻晚之類。其脣微歛。眞如非母之本音。土語則作明母字。若北人則又作喻母字。俱詳見前。北人呼次濁音。通如吾吳純清音。全濁音如吳人次清音。微母若不混入喻母。其平聲字豈不亦如吾吳讀微母上聲字。總之上聲次濁。概作次清。本非正音。至合脣成字。易近重濁。其輕脣之純清者。稍縱卽涉於次清。此非敷之所以無別也。能於此微芒間審辨之。二母自較然不混。然相沿已久。必改分此音。殊駭人聽。今仍舊編。特以圈隔別之。而注明於下。俾得識非母之本音而已。

中州切音譜贅論終

曲海一勺

清貴筑姚華撰

第一述旨

文章之成

凡音之起。由人心生也。人心之動。物使之然也。一切文章。悉由此則。蓋心物交應。構而成象。積則必宣。形之於言。言者心之聲也。聲成文謂之音。言之尤美而音之至龤者。莫文章若矣。

文筆之分

文章流別。自古已繁。綜其大凡。略有二類。無韻曰筆。有韻曰文。筆者不假修飾。直書而已。文則心物爲基。不欲直言。必醖釀久之。委曲以出。委易曼也。曲易支也。又規矩其辭。鏗鏘其韻。使不流不離。宛然中節。非取物極富。用心至深。未克有作也。

文章起于歌謠。至便口耳。往往感人出于不覺。是以古今作者。前後相詔。體雖屢變。其歸則一。有文以來。詩歌尚已。戰國既降。詩分爲三。騷賦樂府。並成鼎足。然騷賦別行。而樂府獨隸詩系。自漢及唐。古近體詩。猶未歧視。五代兩宋。長短句作。命之曰詞。別子爲祖。支派始分。然以樂府名者。比比而有。金元起于北方。音律異聲。詞弗能叶。新聲以創。而曲遂作。尋其淵源。一本諸詞。遠祖南唐。近宗北宋。諸家小令。痕跡分明。不獨大曲爲散套雜劇傳奇之濫觴已也。是以詞曲界劃。雖極謹嚴。然多蒙舊語。曲亦名詞。或曰樂府。少示區別。則曰詞餘。曰今樂府。茂倩而後。詩集不續。若繼爲之。源流朗然。不可誣也。自時厥後。曲又爲二。南北分歧。雁行相抗。昔爲附庸。今成大國。古今變遷。有

文章愈趨愈繁

如此者。夫文章體製與時因革。時世既殊。物象卽變。心隨物轉。新裁斯出。自今以往。又不知變遷如何也。文章之用。以時爲貴。古之不宜于今。猶今之不宜于後。然而博雅之士。言必稱古。每每貴遠賤近。謂今不逮昔。曲之於文。橫被擯斥。至格於正軌之外。不得與詩詞同科。每攬陳篇。輒爲慨然。余壹以爲體物之工。寫心之妙。詞勝於詩。曲勝於詞。何則。文章應時而生。體各有當。古俗渾樸。簡略泰甚。踵事增華。乃益趨繁。詩三百篇。都無長言。由其簡也。屈宋諸作。不嫌宂長。京都巨製。動累篇幅。循其繁也。況四言必變而爲五七言。李杜韓蘇篇且百韻。事勢所迫。不得減省。而晚近製作。增以億萬。人情物理。益見繁雜。必託高古。一循莊雅。則語言所及。有時而窮。故詞產唐宋之交。曲

世變產生新文

起宋元之際。猶之七雄糺擾。騷賦遂以勃興。六代紛乘。近體於焉託始。是皆天人所推演而成者。以爲肆而益偷。不知其變而益進也。欲徵其說。請試陳之。治平之世。百度守成。文章典則。步趨甚嚴。雖不羈之才。罔敢踰越。及有非常之變。則紀律蕩然。一時才俊。失所依據。斤斧自操。聰明所結。足使風雲變色。河岳異彩。新陳遞嬗。洪蒙再開。漸漸浸淫。以成習俗。所爲文章。亦相準焉。故雖不及於古。然新體萌芽。必於是時。變亂既定。循而治之。繹如以成。文章滋多矣。故世際一變。則文成一體。一治一亂。文韻攸關。說似詭譎。理實尋常。是以文章體格。近世益備。春秋以前。不有騷賦。秦嬴以前。未聞樂府。隋以前無近體。三唐以前無長短句。兩宋以前無曲。騷賦樂府近體詩長短句極盛。而後人無由託足。則不得不變。至于曲。可謂至近之變革也。

曲之功用狀物存俗

論者獨專古而卑今。右諸體而左曲。幾于衆口所同。此殆恆情之弊也。與謂古勝。寧謂今優。自元以上。文雄萬卷。獨絀於曲。自元而下。模範具存。雖至優俳。亦得爲之。一物之微。一事之細。嘗爲古文章家所不能道。而曲獨纖微畢露。譬温犀之照水。象禹鼎之在山。今世史家。欲有所作。苟求之野。此其材矣。中古以前。獨苦無稽。四民風尚。十不得一。以致考古之士。或詳於其政。而遺於其俗。又未嘗不歎曲之興晚也。

曲以卑俗漸就湮滅

且夫紀政之書。史於國者也。誌俗之書。史於民者也。民積而爲國。俗胚而爲政。政之言美。俗之言鄙。國之言恢。民之言微。人喜自尊。趨于虛憍。質家尚實。文家

曲之所貴在言近而有物

務華。文學益昌。黜質崇文。益以夸大。不甘細名。立言者騖高。讀書者好奇。與其詹詹。毋寧炎炎。古今一轍。顛撲不破。故史國者官。史民者稗。帝政之下。民俗爲卑。益以君臣義大。道學名高。文且斥爲喪志。曲更夷於玩物。猥談瑣記。尚目錄於縹緗。瞎話盲詞。亦皋比於婦孺。而曲爲有元一代之文章。雄於諸體。不惟世運有關。抑亦民俗所寓。於今黯然。將就湮滅。北調幾絕。南腔寖微。音節已漸失其傳。文章亦散而無紀。流俗弗喜。大雅不稱。傷哉斯文。從此墜地。當世文人。未之或惜。匪惟不惜。且罔聞知。悲夫。

惟是誌俗之作。古亦有徵乎。觀於周制。輶軒采詩。以觀民風。孔子手訂。風之存者十有五國。皆其民史也。古之學校。詩書並習。書以觀政。詩以觀俗。多聞之資。

曲之文章兼有難易

實取諸此。至于漢魏。左思研都。十稔而成。一時傳抄。洛陽紙貴。藉其聞見。爲我師資。非謂夸多。遂足駭俗。工部詩篇。世稱詩史。猶古之遺也。詩賦之體。其起也遠。後有倣者。必習其辭。以古人之語。繪今人之心。以至少之材。狀至多之物。譬之作畫。米家烟雨。必不能作仙山樓閣也。改易古服。純式今粧。勢之所趨。其必爲曲。曲之作也。術本於詩賦。語根於當時。取材不拘。放言無忌。故能文物交輝。心手雙暢。其言彌近。其象彌親。試覽遺篇。則人人太沖。家家子美。余未見元明以來作者。所爲詩賦。有擅於其曲者也。夫苟無其物。不生其心。心而無物。言亦何當。古物古心。猶之無也。余之祖曲。不貴乎其言而貴乎其心。亦曰有物而已。故以文章論其準則。曲起金元。逮於明清。時歷四代。

今樂之成有賴於曲宜加研討

著作實繁。雖才有長短。詎有高下。欲加評斷。不少瑕疵。然非曲之過也。曲之托體。美矣茂矣。夫其文情相生。比賦並用。語似淺而實深。意若隱而常顯。情沿俗而歸雅。義雖莊而必諧。謝羣言以標新。離六籍以隸事。小令數語。常若豐澤。套詞連章。自成機杼。離劇傳奇。更兼衆妙。意無不協之句。辭無不白之懷。雖甚參差。仍嚴格律。遇字須酌。逢音必審。平務分乎陰陽。仄尤謹於上去。入質實以清空。去文飾以藻麗。犯古今之所難。獨雜沓而有倫。其易若彼。其難若此。豈非境之至勝。而體之最優者哉。文章諸體。名篇千萬。凡有佳勝。古人居先。曲之興起。才五百年。世不之重。作者較稀。鴻寶所藏。珍秘未闡。及今發揚。未為晚也。

辛亥革命。前史斯斬。文章之運。當亦隨之。以曲推移。

理宜一變。變將奚若。愚見所測。今樂西來。將趨興盛。音卽備矣。辭或闕如。觀夫膠庠所習。坊肆所陳。產若芝草。涌譬醴泉。非不成章。僅能具體。不足鋪張國華。涵養民性。其必斟酌於古今。融鑄於中外。不有溫故之功、焉見知新之益。然而曲之不競。已非一朝。自雅歌旣廢。老輩云亡。口耳並疏。聲容益邈。遂文弛而武張。更禮殘而樂缺。守此遺文。尋玆墜緒。揚玄未草。先費解嘲。嵇琴已摧。徒勞歎逝。因自傷其孤陋。乃益重其仔肩。日手樂章。信心獨斷。苟余情其信芳。雖人言亦何恤。所以發憤於已衰。商量於旣往。因援曲以入文。俾與時而共進。世有同心。相與努力。冀其中興。王於閏運。然後可論損益。再觀變革。不待易世。當有小成。請存斯言。以爲張本。嗟乎。杞宋無徵。夏殷斯已。述先傳後。爲今之責。反覆詳說。曷能默爾。知我罪我。夫復何言。

第二原樂

先儒有言。禮樂不可斯須去身。嘗疑其說。謂非素封。胡能備是。旣而思之。禮樂之用。渾沕無象。偶然流形。始著耳目。顯之爲節文。宣之爲歌舞。童年習之。終身由焉。故禮者履也。自履者也。樂者樂也。自樂者也。玉帛鐘鼓。不惟其器。豈必絢爛多儀。炫其紛澤。暄闐衆響。藉爲玄黃。是以周旋束於其度。舞蹈習於其容。庠序所教。秋冬是程。禮樂之民。雍容如也。洎夫末造。古意寖失。禮屢繁文。樂張俗豔。然履其所謂禮樂。其所謂樂。雖有變遷。猶存軌物。改革以來。漸滅殆盡。禮樂之用失。而人生之道苦矣。一年覘國。百凶尚寐。心滋殷憂。文成俟解。隱栝樂書。冠冕曲論。欲衍彼舊聞。博之今義。或網羅於放失。爲時世之匡益。庶知曲有先傳。言非無故。雖汗漫其辭。所不恤也。

禮樂之妙

禮樂之作。其古之聖者乎。是欲以愚民。而民莫之或覺者。然舍是則民無以安焉。抑亦聖者之所不得已。而人文之興。必基於是矣。予欲有所以狀禮樂之妙。而莫能舉其辭也久矣。今試言之。夫禮樂者橐籥於元氣。根荄於人情。羣生仰其釆鹽。萬化資其麴蘖。蓋自然之指揮。而至道之孳息也。禮之與樂。一體而殊致。譬彼循環。徹終始而無端。猶之匹偶。得雌雄而相應。欲辨端倪。請爲次第。

禮樂之始

權輿已祛。先民斯作。世次草昧。凡百無解。惟知縱欲。罔有節度。自然之樂。蟠蟄最先。然而兩間氣化。皆有定則。百骸勤動。皆有定數。品物利用。皆有定性。離此常經。即成抵牾。縱而反抑。因之自限。自然之禮。又寓此矣。人生於有限。勞而後存。以時休息。不忘其適。擇於其所限。而因以自遣。於是娛樂之具生焉。樂之興趣。已進一等。逮所歷已多。知識漸啓。乃酌其勞逸。劑以甘苦。興居必節。嗜慾必度。生之秩序。遂以釐然。禮起細微。茲其太始。如斯簡易。似無與於禮樂。然大樂必易。大禮必簡。易得以多。貶少致薄。古人。夫一身所遭。乘除於此。推而衍之。至於萬數。當夫人羣始通。戰爭既厭。先之以講信。繼之以修睦。林林之衆。暫得休息。皆恃禮樂。以爲經紀。農事有作。益臻明備。禮樂混合。相參爲用。人之所至。禮必至焉。禮之所至。樂必至焉。三五以來。至於改革。政刑有所不及。禮樂爲之彌

世風頹弊
惟樂可挽

綸。原其創造。夫豈一人之力。亦積勢使然。聖者聰明先察。因勢利導。爲之文飾。以盡其美而已。故夫禮樂者。道德之式也。節文歌舞者。禮樂之式也。式有長短。義無差池。儒者知之而不能作。衆人由之而不能知。禮樂之民。雖無政刑。未有亂者。禮樂毀滅。大亂必作。我生不辰。復爲先民。不可恫乎。

壬子國變。號爲共和。共和之政。西方自出。一耳其名。意必雍容揄揚。彬彬如也。東方禮樂之盛。胡以易焉。豈知其相反太甚。竟至于斯。抑又聞之。共和之民。法所不能治。其名甚美。其實極弊。欲舉其實。明德爲先。道德無形。式於禮樂。予以新民。習聞舊史。以爲禮樂之用。於今爲急。惟是帝制極盛。禮數益多。積弊相承。循而不改。人病其煩。卒底于亂。今與民更始。宜務其簡。若復糾繩。勢難綱維。記曰。樂盛則流。禮盛則離。夫樂失則約之於禮。禮失則和之於樂。時會所至。羣象斯顯。與惡離而趨流。寧去約而使和。順而導之。範圍易就。故欲矯於今非。正樂之所有事也。

惟是古今異世。不相沿襲。自雅樂淪亡。燕樂衰歇。道古希聲。取悅衆耳。歌者未終。聽者倦矣。昔孔子聞韶。三月不知肉味。魏文侯端冕而聽古樂。則惟恐臥。由聖凡之相去。知古今之不移。夫樂者情之歸也。情動於中。而不得所託。則淫泆陵亂焉。樂之於情。猶盂之於水。苟足爲範。其器與文。雖至萬變。猶是物也。嘗持此則。以評今樂。如有志宣以和。音揚而雅。情麗以則。氣舒以達。整而能暇。婉而有章。可以盪滌凡穢。涵養性靈。諧莊於俗。致近於遠。所謂陽而不散。陰而不密。

梆子乃今之鄭聲

剛氣不怒。柔氣不懾。四暢交於中。而發作於外。皆安其位而不相奪。其合於此者。雖起近世。猶古之樂也。予生以前。不得而見。海內至廣。又莫之詳也。然近三十年。京師習尚。頗有所聞。楚調始衰。秦聲競作。每賓筵奏伎。客座消閒。急管繁絃。耳聒而欲聵。姦聲逆氣。情肆而彌張。衆口所同。於斯爲美。所謂樂姚冶以險。則民流僈鄙賤矣。夫聲音之道。與政通者也。故曰。治世之音安以樂。其政和。亂世之音怨以怒。其政乖。嘗推西腔之所以極盛。穠唱妖孽之先兆也。徵之近事。庚子大創。清政益窳。吏黷於上。民媮於下。綱紀日隳。好慝四起。聰明趨於詐僞。强武潰而暴裂。喜則思淫。怒則機殺。淫成而樂生。殺成而哀集。喜與樂相乘。怒與哀互進。四者不相調。而人情遂失其中。每每流露。

顯於嗜好。梆子因緣時會。隨在觸發。音感於先。而情應之情發於後。而音洩之倚伏相尋。機勢相投。人心所趨。勢力遂成。山陝各部。旗幟遂增。以激昂之音。行暴慢之氣。非惟村鄙。實屬下流。既作淫盜之媒。遂破和平之序。歌者鳴其不平。聞者喻而思亂。浸淫演溢。充於江漢。優倡所習。莫此爲先。恣其所習。不可遏抑。馴至法令不行。廉恥盡喪。此清室所以終覆。而民國至今不靖也。若夫村謠坊曲。樵歌漁唱。以及時劇雜弄。何地蔑有。推波助瀾。莫能悉數矣。綜而言之。其音益蕩。其傳益遠。此誠情天之星孛。而慾海之迷津也。流傳異域。爲他人笑。今猶未洒。夫復何言。若此之倫。今之鄭聲。放之不暇。胡與於樂。執政悠悠。聽其倡狂。國家之患。猶未已也。

皮簧介雅俗之間

皮簧品介雅俗。士夫素人。往往習之。蓋絃索之遺製。燕樂之偏裨也。第以簡易過甚。流俗易通。譬之文章。諧媚之作。祇便酬應。笑樂則有餘。陶寫則不足。且其起也晚。淵源授受。不出教坊。音節律度。囿於市井。未經通人爲之斧藻。似有待於議論。即無與於性情。百戲一端。何關得失。然而濡染正音。規隨雅操。亦既有合於習俗。而復不得屛於風雅。雖羊欣羞澀。未忘揣摩。然中郎典型。已堪歎賞。苟宮詞主盟。以之敷佐。猶足鼓吹休明。粉藻豐樂。等諸鄶下。尚存舊國之風。即媿盧前。不廢當時之體。蓋皮簧之於崑調。猶元曲之於宋詞。家法雖變。臭味猶親。予以曲餘之褒。宜存京調之譜。或亦論世者之所必原。而審音者之所不斥也乎。

崑腔爲今樂之聖

崑腔部於諸曲。僅占一體。自明以來。即已擅場。勝朝相沿。三四百年。西被三巴。北極幽并。通都大邑。流傳殆遍。耳目所習。皆爲之化。故明清兩朝。當其盛時。朝飾太平。野獲康樂。牢絡之具。雖非一術。要以科目誘之於有形。崑曲彌之於無間。夫吳音緩曼。其教寬柔。平氣所感。和聲斯應。和平之民。莫吳人若。吳音既被。南北以壹。聞者習於驩虞。見者忘其愁苦。準人情之所適。常含蓄而有餘。順氣成象。海內晏然。治世之音。有如此者。且夫人情如川。衆欲如火。情不可決。欲不可縱。是以古昔聖哲。爲之防範。明則政刑。隱則禮樂。以是納民。庶幾恬然。四者之中。樂尤與人親。其效捷於禮。而優於政刑。故選樂於今。必以崑曲爲主。蓋崑曲者。和平之表。文化之符。今樂之聖。古樂之裔也。何則。吳地形勢。得山川之秀。舟楫快利。商旅輻輳。人稠物繁。居其地者。交際往來。至爲糾紛。必依事紆絅。然後與人無忤。習之既久。遂成典則。前紹後勉。守爲格言。和順積中。英華發外。心口交應。若符節焉。所以吳音委曲婉轉。獨擅他人。雖自性生。實緣事合。兼之庶富娛樂。感以喜心。設施粲然。鋪張備至矣。以是物力。能致通人。根柢古佚。制作今體。當其託始。已具本原。匪同土音。崛起田舍。詩樂之會。歌舞之交。不覩崑劇。無由悟也。而文章之家。以時經營。萬思所構。衆美悉收。視聽所集。觀摩遂起。雖庸夫豎子。亦且嫻之。於是崑曲所被。莫不文物豐煥。歎爲樂土。人安其居。各守厥常。爲善之不遑。奚敢以亂。其餘繁富之量。文物之度。凡比於吳者。無有遠邇。大江上下。至於燕蜀。莫不有崑曲。終明清之世。崑曲之域。未有大亂。闖起米脂。洪出金田。皆與自他方。其繁富不及。有追而作。文物寖薄。又無以弭之。文野之別。明效可睹。向使崑曲傳播。已及茲土。而猶不救於危亡。則予說不伸。否則仍自信其確也。崑曲之盛衰。實興亡之所繫。道咸以降。崑曲不復。中興之頌未終。海內之人心已去。天命在民。軒然開國。例諸舊典。功成作樂。今其時矣。然而一年以來。未聞擬議。際茲新運。猶踵前非。人樂棼絲。心爭衷甲。跋扈者逍遙於駟介。易良者戰栗於冠裳。龍蛇無所。將不免於臺城。鴻雁告哀。已無騁於周道。民亦勞止。何以慰之。是宜乘激厲之餘風。行寬柔之樂教。及崑曲之將絕。急恢復而新之。道一弛而一張。世一亂而一治。幸病患之未深。或針砭之可及。政書千

弋陽諸腔均不切用

宜就崑腔斟酌變革

卷。不如樂記一言。請語深人。勿謂淺語。

至如弋陽諸腔。世多不習。北調失傳。亦已泰甚。然弋陽爲崑曲導師。北調與南詞同祖。亦考古之所必資。而論樂之所不廢。衹以篇什徒存。已成古調。音律雖勝。不能當場。偶爾役目。未之前聞。既弗切於世用。亦遂略其敷陳。餘若亂彈平調。壁壘未成。粵謳灘簧。傳聞未廣。或附隸於崑譜。或不數於樂章。於所不知。蓋闕如也。

嗟乎。南渡詞場。夷於左衽。安吳都劇。戒其後旗。山河一擔。收拾者家家。亂離餘年。隄防者處處。回思往事。不少前車。然而聲色因溺以成殃。禮樂相需而後效。斟酌損益。未嘗不可與民變革也。惜乎協律之署已墟。正音之譜不續。今無白石。莫辨宮商。時笑松陵。難

詩五變而爲南北曲

尋矩矱。誰其有心。能同予感。言執其桴。共享斯篇。作此小招。誓諸宏願。

清道光末。崑劇中收拾起大地山河一擔挑。不隄防餘年值亂離。兩齣盛行吳中。無良賤皆歌之。時有家家收拾起。處處不隄防之謠。已而洪楊入南京。果應其語。予友銅山楊迪生允升說。

第三明詩

書曰詩言志。歌永言。聲依永。律和聲。此著詩歌聲律之別。最明白矣。解經恆例。對文則異。散文則別。故聲律之文。皆曰詩歌。約其種類。括以單語。凡詩所統。至爲宏多。喉舌初調。聲音始作。音之爲理。各以類從。本乎天籟。以生人籟。是爲詩始。詩始之時。文字未立。諸樂未作。句無成法。辭無常調。口耳相習。取均而已。嘗以臆測。揆諸晚近。村謠里詞。殆其等倫。初民智慧。非甚高遠。例之於曲。或如不及。洎乎三五。文成樂備。文章節奏。漸有可言。協均之作。著之於文則爲詩。入之於樂則爲歌。以樂之聲。爲文之律。於是辭必依於其調。句必範於其法。惟是古代。樂律未繁。調簡辭約。句法略能整齊。詩書所載。多是四言。夫四言之爲詩。詩之古也。五七長短句之爲樂府詞曲。猶是詩也。詩之今也。曲有南北。南北諸曲。又各衍其支。今詩之系也。調之繁簡。辭之博約。句法之整齊參差。古今沿革。雖若不同。猶枝幹焉。幹一而枝百。見枝而疑幹。實明達之所非。善乎章安陳璜之言曰。詩自風雅頌一變而爲騷。再變而爲樂府古選。三變而爲近體絕句。四變而爲填詞。五變而爲南北諸曲。至於諸曲。詩之能事畢矣。陳子旅書第二則。周亮工賴古堂藏本。自有曲以來。元明諸家。卽有能言其源流。未有能如斯之簡而盡者。予說不孤。自歎得證。嗟乎。世之夷視曲也久矣。輿儓雖賤。同祖軒轅。皇皇神胄。本原非誣。願以所聞。更爲證之。

古詩分類。曰風雅頌。所以爲此別者。何也。蓋風者鄉人之用。雅者朝廷之用。此風雅之所由異也。雅用之於事人焉。頌用之於事神焉。此雅頌之所以分也。風雅頌謂之達樂。燕享祀謂之達禮。禮樂相須。詩樂妃匹。秦漢以來。詩雖屢變。未有出于此三者。詩不能歌而詞興。詞不能歌而曲作。朝野人神之事。惟後起乎是賴。詩詞作家。矜言風雅。名實已乖。依類紹述。則詩禪於詞。詞授之曲。帝制之下。享祀諸曲。官司職之一成以後。累葉相沿。制作無多。循而不變。燕樂獨張。風

自古傳詩重辭而忽聲

詩稱盛。爲詞爲曲。其文雖殊。其軌一也。審是沿革。乃知曲之取材。不越凡近。雖辭肆而意疏。殆循風人之舊。然禮廢而樂無所麗。聲歌益盛。益失其用。世之淺者。至僅以文章論曲。不合而遂斥之。久越散佚。遂使楚調秦腔。將代南北諸曲。而擅燕歌之場。徒詩之歎。已見於詞。不及百年。更移於曲。觀其盛衰。可謂祖孫同符。其天運然耶。今樂西來。古風欲墜。恫龜年之已老。幸微子之僅存。炎興不除。猶繫漢紀。興隆未縣。誰信明士。雖然微已。

詩之轉變。自詞及曲。古今異聲。辭緣聲變。因是殊體。遂立諸名。遠若胡越。而近實比鄰。予壹謂古樂不亡。但有損益變遷。以辭求聲。古之存於今者。或得十一焉。或得百一焉。詩之爲類也多。言乎樂府。詩樂之最相麗者也。樂府命題。與詞曲名解。多可相參。不惟歌行謠曲吟引怨樂之屬。輾轉相師。而江南後庭明妃河滿楊柳竹枝諸名。且古今不變。秦漢遠矣。亦作三唐所爲樂府格調。逾越千年。典則常存。卽令今人製調。遠襲古題。聲律迥殊。或非一體。又古調增減。變而益歧。名存實亡。久已不類。然南北諸曲中。有與詩餘毫髮無異者。徵諸舊譜。往往可見。詩餘自出。更爲有本。若能點勘泛聲。稽合絃誦。悉數證之。使源流明澈。不世之業也。惜乎漢儒傳詩。但知說義。尊經之過。義法並絕。後之繼者。更偏於論文。聲音律呂。古無傳書。樂本無經。何從依據。宋較今近古。而言者常務高遠。好談理數。近世諸家。所撰曲譜。亦僅守四聲句調。聲伎所習。不箸於編。古今絕續之交。隱約僅辨。予欲述

詞曲一系曲之來源不必盡出異域

詩統。愧不能聲。考今無徵。稽古無助。天地悠悠。誰爲予告。

雖然。詞曲相距。不過一堦。數其宗派。誼猶父子。北曲雖起金元。似出塞外。頗疑血統。或雜異性。然而漢唐以來。胡樂侵入中原。何啻一二。摩訶兜勒。傳自張騫。隋文之朝。西涼龜茲天竺康國疏勒安國高麗諸曲。且與華夏正聲。同列九部。是當疑之於詩。匪自曲始。何況金源文獻。漸摩中州。汴京所遺。大半因仍。燕樂所奏。變革無多。觀金人遺翰。載在中州樂府者。猶嗣前徽。元入中國。一切從化。夷夏之嫌。更不容有。惟是街陌謳謠之辭。或染涼州豪嘈之習。如弇州所謂金元而後。詞不能按。乃爲新聲以媚之者。抑亦安知非燕趙舊俗。未經大雅。玄黃。潛力彌布。掩抑者久。其展

曲義本宏兼包文野

轉之迹。既爲當世所忽。而習俗轉移。以漸而來。入人既深。機會所至。突然遂起。當其作始。豈意遂爲一代聲歌之主。如是之盛乎。又且安知今之所尚秦腔楚調之倫。再積歲月。不爲此繼也。

此類歌辭。既別於詞。泛濫其名。總謂之曲。是卽今語。所謂時調。其所流傳。則絃索西廂。至今存焉。觀董氏所爲。雖與詞頗有出入。亦未嘗無詞格存乎其中。沁園春·水龍吟·其一二之例也·信其滋生。必出于詞。奚以明之。夫絃索西廂。舊謂傳奇之祖。少室山房筆叢不入雜劇院本。然與諸雜劇院本皆不外以所演之事。繫所歌之曲。雜劇詞始北宋初葉。真宗喜爲雜劇詞·見宋史樂志·今雖無傳。第以舊目周公謹武林舊事考之。則以調名者。詞曲參半。曲之題名。大率爲絃索西廂。及元曲諸本所祖述。因是頗疑曲義本宏。凡繼樂府而起者。今所稱詞曲。皆曲之所總括。緣文野之殊途。遂詞曲之分界。如風之於雅。判君子野人之作。諭以樂府詞則上之回聖人出。君子之作也。曲則艾如張雉子斑。野人之作也。樂府有燕歌行。音本幽薊。爲列國之風。煌煌京洛行。音本京華。爲都人之風。同一爲曲。亦別都鄙。都者僅傳。鄙之士也不知凡幾矣。夫士夫填詞。依聲選調。文章斐然。其人也顯。後世震炫。人人傳誦。耳焉甚熟。遂若淵源分明。其餘流俗所爲。與士夫異趣。言不擇腔。文與其人。又不足以顯之。不信於今。何傳於後。故其士也忽焉。而後人因於不習。遂以不知。偶爾聞見。未詳所自。種種臆度。以致歧視。若必直窮。則詞生於曲耶。曲生於詞耶。抑詞與曲並起。而互相生耶。是皆未可遽定。姑從左曲

宋金元明南北劇之消長分合

之說。謂曲起近世。其出於詞。亦斷無可疑者。而雜劇一科。且爲詞話開山。傳奇導源。授受相承。皆宗北宋。徽欽既降。宋徙而南。金據於北。北劇入金轉盛。南村所錄。名類至多。惟絃索西廂而外。皆無傳者。不能廣證。爲歎然耳。宋雖渡江。猶守舊習。風土既殊。漸更南調。戲始王魁。永嘉創作。(本葉子奇草木子)北雜金風。南參浙調。樂府遺音。當在北矣。金源既亡。元又繼承。南北混一。兩系皆存。顧帝都所在。故院本特用北調。至宋人所爲詩餘。倡家並習。大曲四十。小令三千。當時所傳。有數可稽。而大樂自晏叔原鷓鴣天。蘇東坡念奴嬌。以下十調。青城(楊朝英)選曲。猶冠編首。(樂府新編陽春白雪)參之玉田令曲一篇。(詞源十五)詞曲轉捩。線索瞭然。其時海鹽弋陽諸腔。各起鄉曲。振其土音。流衍甚盛。所

北曲宗樂府南曲宗詩餘

謂列國之風。其鄙實甚。自經士夫潤色。又屢屢以詞入曲。由鄙而都。於是琵琶幽閨諸本。遂爲南曲祖。元社既屋。明又都南。南曲宜盛。迨於遷燕。曲與俱來。南北並參。更生合套。曲之變革。至此而極。五代兩宋舊詞。聲律幾絕。欲考見緒餘。必於南曲求之矣。慢近諸調·其最顯者·綜之。北曲以樂府爲宗。南曲以詩餘爲祖。從流溯源。强爲斷代。實則與樂府詩餘。皆詩之所自出也。以詩視樂府。以樂府視詩餘。以詩餘視曲。其始作也。聲之都鄙。辭之文野。或有間已。及播之久遠。傳之都邑。加之文彩。則樂府猶詩也。詩餘猶樂府也。曲猶詩餘也。凡鄉人之所用。皆有詩之一體。今有河汾王通更議續詩。九宮十三調。固當繼十五國風。而爲樂府詩餘之

曲承詩統足以化民成俗

殿也。

由此以言。則以曲承詩。獨得正統。今雖式微。固應力求顯揚。尊之如將不及。顧世多賤之。夷考其故。殆緣古今異代。所見不同。又不論因革。昧於統系。而以詩歌聲律爲文章游戲娛樂之具。以若所云。則是至聖刪詩。不免玩物。五經傳世。其一可廢。豈不謬哉。必知詩之爲用。而曲之道尊矣。

古者士夫約身。步履於禮。和樂於樂。樂必有章。故誦詩尚焉。兼以言情賦物。取類至廣。不出戶庭。而周知四方。博聞廣記。必資於詩。然後與賓客言。雍容揄揚。郁乎穆如也。古人至重交遊。辭令酬答。禮繼以樂。樂主於其聲。而麗於其辭。絃歌唱和。辭不必出於己。而不可以不習。故以之接人。則彬彬有度。以之律己。則鄙悖遠矣。樂正四術。秋冬教詩。盡人服習。自少至老。相與俱化。誦詩之民。未有亂者。記曰。詩之失愚。予以爲是何必失。愚正詩之所以妙。古昔聖哲。所以重之。爲馭世之術者此也。禮樂旣廢。世勢變遷。詩之所關。僅在性情。然而裙屐風流。往往於此繫之。其人之秀者。其深於詩者也。詩歌相離。樂府詞曲歷變而衍其傳。觀之舊史。政刑而外。隱然德義之輔。綱維斯民。惟此之賴。曲之潛力。似獨浮弱。有所不及。然其所被。又獨甚遠。祇以士夫偏見。閉門玄論。不識今曲卽古詩之遺餘。岸然斥絕。雖治之者一二。毀之者八九。致詩統中失。而化民成俗之具。數千年之遺傳。一旦廢棄。儻繼起以論治。又烏從而求其術。故必序次統緒。明證淵源。語謂詩達於政。曲之情僞。正政之所出也。今之從政。幸留意焉。

古人詩歌贈答。友道之雅。後世弗及。然皆取成篇。苟習其聲而誦其辭。人人能之。漢唐以來。始出自撰。而工爲之歌。於是有能有不能者。近世雖有贈詩。已不入樂。僅於詞曲。猶或見之。詞律云亡。惟曲獨擅。元明專家。以曲唱和。屢見令套。聲伎之盛。相關甚深。而伎者聲色兼重。優倡之家。與士夫日習。亦往往有能自撰辭者。鬚眉風韻。粉黛雅嫻。若評世美。可云相得。至於清代。優伶私坊。猶存此意。惜乎曲子。僅供劇場。小令套詞。贈答已稀。倡伎以色事人。不能風雅。朋友之樂。祇尚酒食。南北女樂。惟以時曲劇詞。嫖幟旗鼓。實則門巷之中。無奸不匿。濁世百惡。胚胎於此。因而推衍。流毒無窮。國家世

曲爲史之支流

道。潛爲牽動。欲言補救。先正樂人。誰司禮俗。請參鄙說。

第四駢史

曲之於文。蓋詩之遺裔。於事則史之支流也。古之爲史也二。詩書職之。書者如也。如其事而直著之。故得失顯焉。後王失政。史官避觸犯。往往諱而不書。及流爲紀傳。務爲莊重。常記大言。文其內怯。至使文物風俗。散而無紀。夫文物風俗之所起。大率積之纖微。基於凡近。迨其彌綸終以宏遠。人情之所綱紀。朝政之所左右。胥於此出。顧其言也雜。儒者弗喜。故不與於鴻業。嗟乎。古今興替。必求諸史。而興替之源。莫由詳焉。史裁之不備。則詩失而之野也。

詩之失久矣。傳曰。王者之迹熄而詩亡。詩亡然後春

詩道淪亡遂與史隔

曲承詩旨故能翮史

秋作。詩胡以亡。匪師失其聲。史失其官爾。秦燔詩書後儒誣枉以說詩亡更不足辨。三百篇以降。遞變而爲南北諸曲。詩未嘗絕也。然而史氏所職。瞻於其事。而遺於其物。詳於其政。而略於其俗。輶軒已罷。上下疏隔。秦漢而後。天子益尊。格於野言。不予推致。古文說周官斥士禮不能推致於天子亦與此同弊曲學阿世害難勝言儒生尊古。妄爲雅鄭。聲歌之作。夷於玩好。蘭臺鳳閣。無復位置。雖復體物緣情。含宮咀商。集裒百篇。篋衍千葉。代有作者。各以之名。私家誦習。自爲傳播。於國史無關焉。官既久廢。義亦終塞。學者悉不能言詩所由長淪也。

惟是詩所以作。本於自然。非國家之勸掖。豈法度之驅策。人情之感。欲罷不能。心聲所宣。有觸卽發。雖致歎於史闕。猶蔓引而彌長。凡爲文章。系於詩者。莫不

曲無一般詞章雕琢之弊足當史材

各有其德。楚之騷。漢魏之賦。六代三唐之五七言。五季兩宋之長短句是也。具體而微。其必曲乎。蓋詩之立言也婉。託志也諷。所謂言之者無罪。聞之者足戒。有據其事而不能直書者。委曲以喻之。多方以陳之。意含蓄於篇章。情洋溢於楮墨。物之所比。俗之所宜。史志之眉目。不若聲詩之骨髓也。詩備衆德其一宜史。後葉中衰。美德幾失。曲起支孽。遠承先志。古史二職。直婉殊能。紀傳僅守其官。歌咏久墜諸野。野之所有餘。皆官之所不足。以此翼彼。匪曲胡歸。

始猶謂曲之出微。起又甚晚。史職綦重。以之左右。或慮不勝。因發二疑。乃以三百篇爲衡。繼求之騷。三湘七澤。吾與游焉。倚相之書。未暇此殫也。然而楊雄王逸之爲騷。則議其濫。繼求之賦。兩京三都。如矚目焉。

曲兼詩與小說之用故益足騈史

馬班諸書。未遑此述也。然而徐陵庾信之爲賦。則病其溺。繼求之五七言諸體。上起蘇李。下迄沈宋。華聲實義。物色備矣。誦之以爲人羣之通史也。且求之長短句之作。剛爲蘇辛。柔爲秦柳。意內言外。聲情盡矣。讀之以爲民紀之實錄也。然其末流。皆務以辭顯。優俳登場。已撏撦之可笑。樓台論寶。欲片段而不堪。恫前轍之已覆。馳後車而當衝。吾援曲以繼體。復何讓於當仁。自曲之興。騷賦五七言長短句仍不替於世。爲無當於史材。故寧置而不取。吾之初疑。於茲渙然。孟堅志藝文。已錄小說。後之續者。未可悉數。及於唐宋。其體益滋。稗則爲山。說則爲海。軼聞遺事。雜然著已。昔松之注志。皇甫作紀。有所取材。此類爲多。考其命筆。取便直言。文情弗宣。率爾易盡。枝葉於書。而非

曲為人情之總歸故備於習俗

雲仍於詩也。野史萬家。十九憤嫉。可以肆譏彈。而不能致悱惻。夫人之與世。猶之與親。苟知其過而弗能救也。則痛於中。至無可忍。必以愛鳴其痛焉。極諫之而以爲勸也。寧微言之而以爲諷也。故怨而不怒。凱風小弁之詩。可以法矣。使執此則一一繩之。則小說諸家。至不能成辭。嘅長短之異致。由文筆之殊涂。若以詩人之心。行稗官之志。曲之爲文。所以儷史者此也。因是審諦。更釋次疑。

且詩書相匹。其說舊已。至以曲代詩。而與史雁行。未之前聞。胡以實之。蓋嘗尋覽諸曲。能言太凡。以爲曲之情僞。哀樂蔽矣。哀樂之感。乃人情之匯歸。文章之原本。非一體之獨煬。豈曲家之專美。不知文章至衆。言匪一端。其極博者或馳騖於無極。其至約者或寂

寔於數言。未着芬芳。常乏之粹美。惟曲之成文。以情爲
主。小令套數。雜劇傳奇。結構雖殊。旨歸則一。常使子
野嘆其奈何。楊基賦其斷腸。莫不感人也深。要皆言
情之作。且夫人情所不能止者。聖人弗禁。飲食男女。
大欲存焉。得之則可以生。失之則可以死。死生之交。
哀樂之府也。經傳所論。其原盡已。然而哀以萬區。樂
亦千別。情只一天。狀兼衆態。曲準情以供狀。實人欲
之譜牒。試覽陳篇。略爲條理。幾於章章怨別。語語傷
離。戒好合之難常。識重圓之匪易。覲其志意。益致纏
綿。啼笑肌容。動成吟咏。脂香粉膩。皆入品題。取妍於
意。比玉臺而多芬。避險於文。越香奩以增艷。雖或肆
彼昵詞。嫌其放膽。工茲綺語。藉曰療愁。頗爲儒林之
所非。要皆閨房之本事。萬惡於焉傀儡。百功由此奴

臺。惟曲盡而無遺。乃人情之真諦。兒女之詞。即謂寓言。要必事通乎智愚。言諧於俗雅。然後寄托致其遙深。寸心吐其滂沛。以此色欲爲衆情之中權。每居高而司令。人意所注。其詞獨多。因而牽緣。生諸瓜蔓。其必滿志於功名。舒心於利祿。所以眩人世之觀瞻。致一家之驩樂。當夫千足競道。匹馬當先。十載伏櫪。一朝得路。升沈所係。性命攸關。情見於詞。豁然肺腑。所以貢朱門之諛辭。則塵軒成韻。騰白屋之腐嘆。則淚墨有聲。豈獨練堂還帶之記。兩語開顏。還帶記·嘉定沈練堂所作·以壽楊一清者也·曲中有昔掌天曹·今爲地主等語·楊大喜之·寧止東畝慰足之辭。千秋同嘅。顧元慶詹曝偶談·曹東畝赴省·陸行良苦·作紅窗迥詞·春闈期近也·望帝鄉迢迢·猶在天際·懊恨這一雙脚底·一日斷趕上五六十里·爭氣·扶持吾去·博得官歸·恁時賞你·穿對朝靴·安排你在轎兒裏·更選個弓樣鞋兒·夜間伴你·自慰其足·曹名淨·字西士·宋嘉祐間人·清康熙壬子·褚人穫在德州旅店壁上見此詞·蓋後人所書也·至於絢爛之餘。歸於平澹。牢騷之極。反爲曠達。遂乃寄身世於糟邱。元不忽麻平章點絳唇辭朝·寧可身臥糟邱套·悟人生於夢蝶。元馬致遠夜行船百歲光陰一夢蝶套·爰有餐霞服日之想。枕流漱石之志。時奪艷詞之席。並冷酣歌之拍。乃欲界之仙都。詞場之別調也。以此食欲瀉於人海。郭璞之賦所不能殫。吳均之移所不能盡。固隱匿於凡文。而踴躍於斯體。其事既廣。作亦實繁。綜食色之兩性。被韁鎖於羣倫。論卑之而無高理。瞭然而共喻。欲論世而尚友。與求之鴻博。不知曲之深切而著明也。古昔聖哲。知情之總歸而已。夫情猶影也。曲由鑑也。持鑑而影之姸媸畢見。聞曲而情之美惡悉昭。疊焉以達。盡而不竭也。婉焉以諷。譎而不邪也。欲習於其政。先習於其俗。俗之習。未有備於曲焉者也。

悲夫人之生也。廿一而辛百嘗有味乎曲之爲言。而太息不已也。昔丹邱論樂府。考定諸體。所著一十五家。獨盛元一體。快然有雍熙之治。以其字句皆無忌憚。故又曰不諱體。然金元以來。舊曲累萬。而盛元體不逮其他。寧非隆平不常。如冬日方中。忽忽西崦。況曲之所托。其旨深遠。貌若甚都。中實多慊。猥以益美之辭。致其希慕之意。故以曲斷代。知世之不復漢唐也。叔季之民。生息於晦冥之中。耳目所接。既不足以致快愉。撼其思慮。流爲歌曲。所以驩虞之辭少。愁苦之辭多。惟權勢利便。肆恣虔劉。吸肝腦以調聲。塗脂膏而飾色。華觀偉麗。過於佚樂。則承安體興焉。始起宮中。漸及朝右。蓮花徹夜。開北海之樽。絲竹中年。傚東山之妓。人稱仙史。誦其雅歌。時頌相公。歌其曲子。

方春梨欲雨。而笙歌月下爭場。比窮骨支寒。則檀板雪邊競譜。亦復黼黻河漢。藻飾川岳。玉堂之體。號爲正大。然而臺閣名篇。私坊未習。公卿巨製。委巷不懽。其情不諧。其趣相越。此二體者。亞於盛元。職此之由。其傳益尠。曲之傳遠。而所著又夥者。或神遊於廣漠。或托志於泉石。或攄忠而訴志。或嘲譏而戲謔。厥有黃冠草堂。楚江騷人諸體。皆不得於時者之所爲。無赫赫之位。乏鼎鼎之聲。近於人情。習於衆志。常以憂憫。致其歌哭。卽呼朋酬唱。不少流連光景之言。抑攬勝登臨。亦傳嘯傲湖山之句。而因其自遣。以測其所懷。皆瀟灑於當時。而嗚咽於言表。總古意與今情。合萬喙而一噫。信乎運會之醞釀。時勢之創造。以善鳴而假之。亦因材而篤焉。是故吾宗 牧庵 碩學。亦列羣

吳歌記之狀曲

英。天水子昂　清才。並傳傑作。均見涵虛子論曲。 其尋宮而數調。寧就苦而辭甘。此物此志。如標如榜。俗之移人耶。人之移俗也。時無吳季。誰與論之。世有董狐。宜稱善矣。

予壹躂夫宋氏明宋新撰吳歌記。之狀曲也。雖中郎之述篆勢。士衡之作文賦。胡以過焉。而其頌曲。至以爲天地之元聲。匹夫匹婦所與能。豈非以曲之於人。所紀至近。其於物也。悠然以遠。故又曰。夢寐不能議幻。鬼神無所伸靈。文人騷士。嚙指斷鬚而不得者。女紅田畯。以無心得之於口吻之間。蓋言人情物理。惟曲能盡之如此。且所謂摘天地之長短。測風月之淺深。狀鳥奮而議魚潛。惜草萌而商花吐者。布景之妙。賦物之工。凡曲皆然。第吳歌而已耶。嗚呼。聲音之域。曲代詩

曲爲有容之詞章有韻之說部

戲劇不外悲歡離合界爲歷史興替之源

而王。時之所授。莫與爭也。體既當世。語尤親人。文物風俗。微曲畢觀。

曲之歷世也。亘四五百年。各衍宗支。後生益秀。小令套數。既備諸矣。雜劇傳奇。更拓前規。觀其事必依託。詞必荒唐。明所作之非真。知其言之有故。無非演暢物情。表彰人事。主奴儒墨。總百家之用心。雕鏤經籍。納多文以爲富。豐於篇幅。則致無不盡。實以科白。則意無不顯。可謂有容之詞章。有韻之說部也。夫世事起伏。大波瀾而小波淪。羣情險夷。古文無而今文有。欲求畢狀。惟此新裁。故書成證俗。未足比其鉛黃。圖著巡方。詎能方斯粉藻。配之舊史。允矣並行。謂予不信。更爲舉舉。

原夫男歡女愛。世界之生機。家庭骨肉。吾族之本色。

劇名記傳圖譜乃以史職自居

蒼生萬刼。此爲皈依。青簡千秋。斯焉控縱。元精耿耿。爲靈心之所窺。太空冥冥。託斯文而一吐。於是假於事類。道其俗情。以反覆爲丁寧。無先後之蹈襲。親親一體。自天子以至庶人。如東籬漢宮秋．仁甫梧桐雨．雖萬乘之尊．不免兒女別離之苦．善善從長。於人心而知世道。李山兒水泊一盜耳．而古今雜劇頌之者數十家．皆慕其任俠．以例鈞衡之不平也．作者取則於家常。聽者折衷於天性。所以代古人爲歌哭。往事堪哀。說先後之是非。舊書不厭。是皆以慈悲說法。優孟借其衣冠。笑罵皆精。文章盡爲粉墨。誠一代風紀之綱目。萬化沿革之載記。本茲從違。乃別張弛。諸政自出。而後史有所紀。故曰興替之源。欲明其源。則雜劇傳奇備焉。不可忽其近也。

蓋比而論之。文以情同者也。言因體異者也。小令套數。則純乎於文。雜劇傳奇。則兼之以事。故令只一章。套或累段。文有時盡。不若事之時益也。而雜劇可至四折。傳奇累增。齣乃數十。事與情相生。文與筆互足。選材則羣策羣力。陳義則大言小言。哀樂之感。原是一科。悲欣之懷。如下雙管。雜劇已工於傳神。傳奇尤善於寫照。已事入曲。曲之進也。以曲言事。曲之尤進也。考雜劇傳奇所標題目。或命曰記。或名曰傳。其次曰譜。其次曰圖。史職自居。何關附會。雖徵之古人。或張冠而李戴。而按之世態。則形贈而影答。跡若誣於稗官。實則信於正史。良由好惡非一人之私。等是述作。爲百世之業。故能寫德模音。雕文鏤質。如將泥以覆印。譬以鏡而照心。潤色爲工。比物生象。一代之文章炳焉。九鼎之神奸盡矣。使孔門用曲。則雜劇公穀。

曲之傳奇寫實俱無異於史

傳奇盲左。獲麟之後。絕筆再續。奚惟升堂入室。與賦爭長已乎。

至于文心極巧。藻思不羣。或反正以居奇。或翻無以爲有。卽軼常而示變。仍鑿空而歸眞。事或可疑。情原近是。凡以化彼羣蒙。鳴其孤憤。振徇路之鐸。代遒人而爲師。雪覆盆之冤。權宰官以司判。不僅東籬八劇。曾淒涼於無影之城。黃粱夢 青藤四聲。或慷慨於漁陽之鼓。禰衡罵曹 如是奇情。著爲異事。則又柱下藏書。或嫌其異趣。龍門弄筆。必引爲同心者也。又況春鐙燕子。倉皇半壁之塵。阮圓海春鐙謎·燕子箋傳奇· 花扇鐵冠。棖觸前朝之夢。孔東堂桃花扇傳奇·逸民外史鐵冠圖傳奇· 興亡所繫。掌故斯存。爲曲爲史。又奚能辨哉。

曲之能事在演事繁密寫物博雜

由此以言。則情之爲物。古今無二。所以詭譎。事爲之也。故事以演情。曲以演事。事衷於情。而炳於言。左則爲史。右則爲曲。自曲以外。諸體之文。言情則一。然而騷賦五七言長短句之於情。與有曲之世。疎密繁簡。不可同日語也。曲之事密而加繁。情亦隨之。因而變易。不可究詰。而事所由起。厥數孔多。雅之爲琴書。瑣之爲米鹽。艷之爲裙裾。烜之爲冠帶。蠢之爲牛馬。靈之爲花鳥。或壯麗而爲江山。或喧闐而爲鉦鼓。或軒昂而爲裘馬。或窮愁而爲韋布。逸則爲麈拂。曠則爲簑笠。離則爲舟車。合則爲酒食。爲夫婦之破鏡。爲母子之斷機。爲朋友之雞黍。爲羈旅之翰簡。武則兵稱百鍊。文則策號萬言。旗旣萬幕。仗亦千騎。先生杖履留春。老子胡床玩月。時節則春餌秋糕。地產則南橘北枳。典重則鼎彝斑然。怪誕則龍蛇宛爾。綜是殊名。

以生多故。賦之爲物。陳之爲彩。古曰㓥末。今曰彩。亦曰切。切者。㓥末之省文。又㓥之減字也。情因事以糺紛。事因物而結構。凡言舊事。必識故物。一時之製。百思攸托。一器一道。哲人謹焉。第晚近製作。雜而無徵。食貨所不及志。方輿所不逮紀。書券則博士閣筆。製題則詩豪罷卷。史旣蓋闕。曲乃居要。爰有刀錐歲華之詞失名南呂一枝花詠皮匠套詞。椽屋鬧市之作。元湯菊莊一枝花贈鑷者套詞。按鑷者卽今之薙髮匠也。院本么末。勾欄前後之場。失名中呂耍孩兒莊家不識勾欄套詞。窮鬼錢神。田老送迎之態。失名南呂一枝花田老齋套詞。滌器則傳歌陋巷。失名一枝花贈妓名玉馬杓套詞有云。臨邛滌器。陋巷傳來。按馬杓卽今語馬子。此詞雙關。蹴踘則豔說齊雲。失名一枝花蹴踘套詞有云。富貴齊雲。又圓社套詞云。四海齊雲會。按齊雲。蹴踘社名。倣討蚤之檄。月下星前。失名一枝花蚊蟲套詞有云。愛黃昏月下星前。怕青宵風吹日炙。續打馬之經。花間樹底。元周挺齋越調鬬鵪鶉雙陸套詞有云。四角盤中。三十騎裏。多少機關·包藏見識·庸上風前·花間樹底·挺齋名德清·事紀降獅。失名黃鐘醉花陰降獅套詞·篇名賭馬。失名南呂一枝花下大棋賭馬套詞·既訴牛羊之冤。元姚守中中呂粉蝶兒牛訴冤詞·又失名中呂哨遍羊訴冤套詞·亦論鷹犬之價。失名中呂·哨遍大打圍套詞云·鷹犬從來無價·博魚而色勝六渾。元李文蔚燕青博魚雜劇·選硃而囊珍十粒。元失名浮漚記雜劇·馳逐影樓之隊。仵作風流。元石君寶曲江池雜劇·牧羊關曲有云·送殯可須是仵作風流種·又賓白中有云·他舉着影神樓兒里云云·可見元人出殯之概·且殯人皆曰仵作·今仵作爲宮衙隸人之一·專充考驗屍骨之役者是也·繽紛紮扮之場。村坊雲勝。明李玉永團圓傳奇·看會生擄齣中·敘賽會之勝·既云紮扮故事·又分段鋪寫·令人神遊·如目擊其盛·今京師村坊尚有之·每勝時輒舉語曰過會·清六部吏人當權時·戶部之會·與工部之鐙·皆豔傳人口·自光緒二十六年以後·不復見已·據吳梅村序李撰北詞廣正譜·謂其中甲申副車以後·絕意仕進·按明亡之年·正當甲申前·甲申爲萬曆十年·後甲申爲清康熙四十三年·俱與梅村身世不合·則此甲申必爲崇禎末年無疑·以此論之·則李當爲明逸民·故仍題明人·惟崇禎三月殉國·而李中副車·其事當再考耳·推班出色。嘲謔於宣和之牌。明李日華·南西

曲家以王誠盡性以博物明俗爲民之史

（廂傳奇、琴紅嘲諢齣、譜牙牌名甚備。）話玉添愁。欲戲於宜官之帖。（清吳偉業秣陵春傳奇話玉齣。此傳奇予僅得傳鈔前三齣。今不可復借。欲尋刊本。亦猝不易得也。）餘或餖飣雜名。情趣雙關。摹仿衆流。科諢入妙。（元曲中集藥名題情之詞甚多。其集雜劇名、曲名、及常言俗語成套詞者尤夥。而鮫綃記之草相、紅梅記之算命、精忠譜、桃花扇之平話、類不勝舉。還魂記之驅使千文、則又雜集之變也。）風花雪月。點化於人身。（元吳昌齡張天師雜劇。）鶯燕蝶蜂。受錄於鬼道。（還魂記冥判。）雖言不盡意。而隅可反三。農師之埤雅。遜其輾然。茂先之博物。例之蔑已。以言乎事則如彼。以言乎物則如此。總事物之象。供著述之材。散而見之謂之情。會而聚之。文物風俗。淵藪於此。此曲之能事。所以令人歎賞者也。

昔詩家詠史。體亦滋多。或著雜事。或題樂府。或十字彈詞。或四言叶韻。非拘於雅言。即複於述贊。等爲戲弄。無俟褒彈。若夫曲之爲言。自成一家。著一世之真詮。極衆生之幻相。既談笑以飾涕泣。亦婉言而行直道。是故人者天地之心。曲者人之心也。喻於尸而見祖。將於曲以知天。記曰。惟至誠能盡性以贊化育。古之作曲也。可謂能盡其性。以盡人性。盡人性以盡物性者矣。非至誠其孰能之。且夫充史之類。不過以明古今之變。察往來之數耳。曲之所至。則格幽明而事鬼神焉。觀釋老氏之所爲。常附託於儒者。天人之際。且猶通之。況人情物理之常。夫何有於曲。則爲民而執簡。其史於曲宜矣。俗史於紀傳者也。物史於表志者也。雖元以南北殊音。明以弋崑異調。猶之並言漢故。固不複遷。共紀唐文。新寧替舊。史固名判隆汚。曲亦藝分優劣。故從事於曲者。其必綜貫九能。兼弁三

曲祖詩以爲文因書而成史

長。然後能續古之齊諧。以爲今之世本。豈第馳騁詞華。敷衍問學。偶爾倚聲。便矜絕調。曲至清而漸衰。實作家之不振。然而十有七朝二十有四家之書。亦將與曲而俱斬。於是。蓋國家新元。朝野不變。制度典章。不適前史之筆。文物風俗。亦乖舊曲之心。雖曰人事。或亦天意。惟因是左證。益成吾說。非私願之所欲也。而議者好爲淺語。或故事深求。既夷曲於小技。若語以詩書二家。同屬文史。則又羣詆以爲妄。不知章氏著書。（實齋遺書）已爲我先。況史通六家。尚書居首。（唐劉知幾史通）內篇·偶之以詩。系亦凡六。（詩騷賦五七言長短句南北曲）·自我獨斷。寧等向壁。前無古人。亦何嫌焉。然則紀傳宗班固而祖尚書。南北曲宗長短句而祖詩三百篇。世世子姓。秩然昭穆。一堂禋祀。千葉配享。王圻文獻。於經籍似或失當。四庫附庸。於文苑亦屬末通。永世沉淪。斯文將喪。特著鄙論。自詡發明。任毀譽之無辨。縱俟聖而不惑。史政史俗。蓋自今而後。始得整齊其辭云。

曲海一勺終